LES SŒURS STELLAIRES

DU MÊME AUTEUR

1. *Opération Astrée*
2. *La Terre a peur*
3. *La Milice des mutants*
4. *Bases sur Vénus*
5. *Les vainqueurs de Véga*
6. *La forteresse des Six Lunes*
7. *La quête cosmique*
8. *Les glaces de Gol*
9. *Le traître de Tuglan*
10. *Le Maître des mutants*
11. *Le piège à pirates*
12. *L'empereur de New York*
13. *L'étoile en exil*
14. *Mutants en mission*
15. *L'offensive d'oubli*
16. *A l'assaut d'Arkonis*
17. *La menace des Moofs*
18. *La planète piégée*
19. *Les méduses de Moofar*
20. *Les grottes de Gom*
21. *La bataille de Bételgeuse*
22. *L'amiral d'Arkonis*
23. *Le sérum de survie*
24. *Le spectre du surmutant*
25. *Les exilés d'Elgir*
26. *L'invasion des Invisibles*
27. *Le poids du passé*

80. *Guérilla sur Greendoor*
81. *Pas de retour pour Rhodan*
82. *Les soldats stellaires*
83. *Mulots en mission*
84. *La fin de la fuite*
85. *Péril sur Plophos*
86. *Le déclin du dictateur*
87. *Arkonis assassiné*
88. *A l'assaut d'Andromède*
89. *Planète de pénitence*
90. *Les gardiens des galaxies*
91. *La guerre du gel*
92. *Héros de l'Horreur*
93. *Microcosme et Macrocosme*
94. *Les pyramides pourpres*
95. *Le triscaphe titanesque*
96. *Le péril surgi du passé*
97. *Téléporteurs dans les ténèbres*
98. *Les condamnés du Centre*
99. *La cinquième colonne*
100. *Les Coureurs d'ondes de Chrystal*
101. *Invasion interdite*
102. *L'armada akonide*
103. *Les astéroïdes d'Androbêta*
104. *Le satellite secret*
105. *La débâcle des Deux-Nez*
106. *Les sœurs stellaires*

K.-H. SCHEER
et CLARK DARLTON

LES SŒURS STELLAIRES

PERRY RHODAN — 106

FLEUVE NOIR

Titres originaux
DIE DREI STERNENBRÜDER
DER GELEITZUG INS UNGEWISSE

Traduit et adapté de l'allemand
par A. J. THALBERG

ISBN 2-265-04706-6

PROLOGUE

Juillet 2402. *L'empire galactique des Terriens, fondé par Perry Rhodan, connaît une ère de paix. Les principales puissances qui menaçaient l'Empire solaire dans la Voie lactée ne sont plus un danger. Perry Rhodan, qui a découvert la chaîne des transmetteurs géants menant à la nébuleuse d'Andromède, s'est heurté à la résistance des Maahks, un peuple soumis aux maîtres de la Nébuleuse. Ceux-ci, les mystérieux Maîtres Insulaires, tirent les ficelles dans l'ombre et menacent directement la Voie lactée.*

Malgré l'échec d'une grande offensive des Maahks contre la Galaxie, Perry Rhodan décide de prendre les devants et de partir à l'assaut d'Andromède sans attendre. Une première tentative d'approche échoue, mais le Stellarque n'abandonne pas. Les forces solaires réussissent à conquérir le Monde Perdu, qui leur sert de base dans le Grand Désert intergalactique. L'état-major terrien, renforcé par le Halutien Icho Tolot, les mutants de la Milice et de l'O.M.U., a décidé d'envoyer une extraordinaire base spatiale entièrement équipée tout près d'Andromède.

Troya, le satellite secret, se heurte à des défenses inattendues. Les Mobys, des monstres spatiaux en voie d'extinction, sont maintenant utilisés par les Deux-Nez, sélectionnés par les Maîtres Insulaires pour barrer la route d'Andromède. À bord du Krest II, *Perry Rhodan et ses compagnons payent cher leur curiosité. Ils sont faits prisonniers par le peuple aux trois castes et doivent déclencher une guerre civile à l'intérieur du Moby pour s'échapper.*

PREMIÈRE PARTIE

LES TROIS SŒURS STELLAIRES

CHAPITRE PREMIER

— Tu me croiras si tu veux, dit Kim Dosenthal, mais j'ai peur !

L'homme qui était assis en face de lui au mess des officiers était assez petit et avait une tendance certaine à l'embonpoint. Il ne paraissait nullement impressionné par ce que le lieutenant-colonel venait de déclarer. Son assiette était impeccablement vide. Il avala la dernière gorgée de sa bière sans alcool puis secoua la tête d'un air très décontracté.

— C'est tout à fait normal, Kim, répondit-il finalement. C'est si tu n'avais pas peur que je commencerais à me faire du souci...

Il se versa une nouvelle rasade de bière en faisant monter la mousse le plus près possible du bord du verre.

— Il y a trop de choses que nous ne savons pas, reprit-il. C'est comme dans mon métier. Tu cherches à résoudre un système de quatre équations à cinq inconnues. On y arrive de temps en temps même si c'est impossible en théorie. La seule chose que tu puisses faire, c'est de veiller à ce que ta cinquième inconnue ait le moins d'influence possible sur la solution. Ensuite, tu pourras l'éliminer.

Kim releva la tête.

— Je ne vois pas comment ton système pourrait s'appliquer à mon problème, remarqua-t-il.

Hess Palter, l'ingénieur en chef du *Bagalo*, jouait avec son verre.

— C'est très simple. Nous avons n équations à n plus une inconnues. Toutes tes équations tournent autour du même problème : quel type d'adversaire allons-nous rencontrer, de quelle manière allons-nous devoir réagir ? Laisse-moi te donner un exemple. Nous connaissons les Maahks, maintenant, et nous pouvons admettre que nous sommes meilleurs qu'eux. Si nous en restions là pour élaborer une tactique, je suis persuadé que nous commettrions une erreur majeure. Il reste en effet une inconnue...

— Ah oui, laquelle ? s'étonna Kim.

— Les Maîtres Insulaires, tout simplement, sourit Hess. Même le plus novice de mes aides-soudeurs pense à eux dès que l'on parle d'Andromède. Ton problème, c'est que tu sais que la cinquième inconnue — les Maîtres Insulaires — joue un rôle dans tout problème lié à la Nébuleuse, mais que tu ignores jusqu'à quel point tu peux négliger leur intervention.

— Me voilà bien avancé, grogna Kim Dosenthal. Je deviens pessimiste rien qu'en t'écoutant. Heureusement, je ne crois pas que les choses soient aussi catastrophiques. Pourtant, je t'assure que j'ai vraiment peur.

— À ta santé, se contenta de répondre l'ingénieur en chef en levant son verre.

*
**

— Le lieutenant-colonel Dosenthal au rapport, maréchal, dit l'ordonnance d'une voix forte.

Le malheureux lieutenant avait du mal à conserver son équilibre. La gravitation n'était que de quelques pour cent. L'homme auquel il s'adressait ne paraissait pas l'avoir entendu. Son visage massif de lutteur, encadré par une brosse de cheveux roux, était soucieux. Les nouvelles qu'il déchiffrait sur l'écran de son bureau ne devaient guère être réjouissantes.

— Faites-le entrer, lança l'homme au moment où le lieutenant allait répéter son annonce.

Reginald Bull ne savait pas pourquoi l'image, toujours la même, qu'il observait depuis quatre jours sur son écran le fascinait à ce point. À l'arrière-plan, les deux soleils rouges se détachaient dans une nuée d'astéroïdes. Le système, perdu entre deux galaxies, avait un jour compté une unique planète. Les astéroïdes étaient tout ce qui en restait. Au premier plan, les six énormes navires solaires paraissaient immobiles. En fait, ils se déplaçaient à la même vitesse que les débris de la Ceinture.

Le maréchal leva la tête en entendant un discret toussotement.

— Ah oui ! fit-il en se souvenant qu'il attendait quelqu'un. Asseyez-vous, colonel.

— Merci, mais, avec cette gravitation, je préfère rester debout, maréchal.

Kim Dosenthal n'était pas très grand. À première

vue, il faisait l'effet d'être plutôt lymphatique. C'était d'autant plus étonnant qu'il était précédé par une réputation de témérité. Assez déconcerté par sa première impression de Kim Dosenthal, Bull avait consulté son dossier. Il se méfiait instinctivement des méridionaux. Kim n'avait pas encore la quarantaine. Ses états de service étaient remarquables. Son sang-froid lui avait déjà permis de sauver deux vaisseaux. Bull avait rapidement changé d'avis. Le lieutenant-colonel lui était devenu très sympathique.

— Vous savez que vous allez devoir escorter les six gros monstres qui attendent dehors pour l'un des plus longs vols classiques qui ait jamais été entrepris, colonel...

— Oui, maréchal.

Le commandant du *Bagalo* avait été informé de l'essentiel de la mission. Comme il n'était pas question d'utiliser le transmetteur qui reliait le Système Perdu et la micronébuleuse Androbêta, il avait fallu construire les six énormes transporteurs spécialement pour cette mission. Cinq cent mille années-lumière à franchir en plongée linéaire, ce n'était pas une mince affaire ! Résultat, les transporteurs avaient une silhouette très inhabituelle et leur diamètre — mille cinq cents mètres — était l'équivalent de celui des super-croiseurs de bataille. La comparaison s'arrêtait là. Les transporteurs n'étaient pratiquement pas armés et avaient un équipage réduit à quelques dizaines d'hommes. La sécurité du convoi reposait entièrement sur le *Bagalo*. Les transporteurs disposaient chacun de trois blocs-propulsion de deux cent cinquante mille années-lumière. Contrairement à ce qui avait été réalisé pour les prototypes du projet Prométhée, les trois blocs-propulsion n'était pas ajoutés bout à bout mais disposés en couronne autour de la coque centrale, sphérique, des transporteurs. Le *Bagalo* avait également été équipé de propulseurs supplémentaires, de taille toutefois plus réduite.

— Bien, reprit Bull, il ne me reste donc plus grand-chose à vous dire. Vous connaissez la nature de la cargaison et votre destination. Toutes les données de vol se trouvent sur ce mémobloc, dit-il en montrant à Kim un petit cube qui se trouvait sur son bureau. Le bloc dispose d'une protection temporelle. Il ne deviendra lisible qu'à partir d'un moment précis, alors que vous serez déjà en vol à vitesse maximale. Les seules coordonnées que vous aurez au départ sont les suivantes : thêta-4, phi-82. C'est tout.

— À vos ordres ! lança Dosenthal en saluant.

Le lieutenant-colonel s'éloignait déjà à pas lents quand Bull le rappela.

— Oui, maréchal ?

— Bonne chance, Kim !

— Merci. Tout ira très bien.

Reginald Bull l'espérait. Sanglé sur son fauteuil, le maréchal pensait avec tristesse au confort de son bureau de Terrania, à un million d'années-lumière de là ! Les quinze mètres carrés de ce réduit, sur un astéroïde gros comme la Lune, faisaient pâle figure à côté. Et dire qu'il n'avaient même pas fait installer de générateurs artificiels de gravitation sur Calife !

Son regard se reporta vers les six énormes transporteurs. Le *Bagalo* s'en rapprochait déjà. Ils ne tarderaient plus à appareiller. Depuis le début de la grande aventure d'Andromède, Bull était soucieux. Ce morceau-là n'était-il pas trop gros pour eux ? Il espérait sincèrement que les transporteurs et Kim Dosenthal réussiraient à rejoindre Perry Rhodan et Troya, le satellite secret, qui se trouvaient quelque part dans Androbêta. Mais il pouvait se passer tant de choses pendant un tel voyage...

*
**

Le 10 août 2402, à 8 h 37 temps universel, le *Bagalo* se plaça à la tête du convoi et accéléra à fond. Les systèmes de couplage automatique des six transporteurs l'imitèrent aussitôt.

À 9 h 11, les sept navires disparurent du continuum et s'enfoncèrent dans l'entrespace. Poussés par leurs convertisseurs kalup, les navires de l'un des plus étonnants convois jamais rassemblés se précipitèrent à plusieurs milliers de fois la vitesse de la lumière sur leur cap.

Kim Dosenthal eut enfin le temps d'étudier plus à fond les instructions transmises par Bull. Le mémobloc contenait des renseignements sur les propriétés astrophysiques de la micronébuleuse Androbêta et la plupart des indications qui avaient été relevées par le *Prométhée II* lors de son voyage. Ce n'est qu'en lisant les dernières instructions que Kim sentit ses cheveux se dresser sur sa tête : « L'objectif du *Bagalo* est de conduire les transporteurs dans la zone quatre précédemment citée et d'y rester jusqu'à ce que le vaisseau amiral de la Flotte établisse le contact.

— Le vaisseau amiral ! s'exclama malgré lui Kim, dont le front se couvrit de sueur.

Si le *Krest II* était dans Androbêta, le Stellarque s'y trouvait aussi ! Kim comprit que son dossier devait être particulièrement bien noté. On l'envoyait, lui, ralenti par six énormes transporteurs, dans une zone totalement inconnue, pour une mission de première importance. Évidemment, Kim Dosenthal avait entendu parler des Maahks et des mystérieux Maîtres Insulaires. Si Perry Rhodan était en personne si près d'Andromède, c'est qu'une opération de grande envergure devait être en cours.

*
**

Juste avant de franchir le cap des deux cent cinquante mille années-lumière, Kim fit sortir le convoi de l'espace linéaire pour larguer les premiers blocs-propulsion.

À cette distance du Système Perdu, les écrans montraient déjà une toute autre image du Grand Désert intergalactique. Il donnait toujours l'impression de s'étirer à l'infini dans la plupart des directions mais, dans un coin, la Nébuleuse commençait à étendre un voile fin. La présence de cette trame ténue de lumière était si rassurante qu'elle attirait invinciblement le regard. À l'œil nu, la distance était encore trop importante pour que l'on puisse distinguer les deux micronébuleuses, Androalpha et Androbêta.

*
**

La deuxième série de blocs-propulsion était largement suffisante pour atteindre le terme de leur traversée. Une nouvelle réémersion dans le continuum n'était pas indispensable, mais Kim préféra, par prudence, regagner l'espace einsteinien lorsqu'ils se trouvèrent à cent années-lumière d'Androbêta.

C'était le matin du 16 août, de très bonne heure. Le ciel avait à nouveau beaucoup changé. Tel un immense mur, la Nébuleuse s'étendait au-dessus de leurs têtes, occupant près de la moitié du firmament. La beauté de ce tapis scintillant composé de milliards de soleils fit oublier à Kim pendant quelques instants les dangers qui les attendaient. Androbêta se distinguait très nettement, en avant de la Nébuleuse. Les étoiles y paraissaient moins compactes.

Kim était pratiquement sûr d'avoir suivi le bon cap, mais il préférait s'en assurer par une vérification astronomique directe. Il découvrit facilement le système composé de trois géantes bleues qui leur servait de mire. Au bout d'une demi-heure, les astrophysiciens du croiseur lui apportèrent leurs conclusions. Le système comptait un soleil de type A0 et deux de type A3. Les côtés du triangle stellaire mesuraient respectivement 13, 8 et 7,4 années-lumière et le cap du *Bagalo* formait un angle de 102° avec l'écliptique du système. C'était exactement ce qu'indiquait le mémobloc.

Kim décida d'accorder une pause de deux heures aux équipages avant de replonger dans l'espace linéaire. Lui-même avait besoin d'un peu de repos. Il renvoya toute l'équipe du central, à l'exception des postes d'urgence, et se fit apporter un gobelet de café. Il inclina son fauteuil et étendit ses jambes. Hess Palter se leva de son pupitre, situé juste sous l'écran panoramique et se dirigea vers l'estrade de commandement. Kim le vit venir.

— Ouste, pas maintenant, je fais une pause !

En haussant les épaules, Hess s'assit tranquillement sur le bord de l'estrade.

— Comme tu veux, commandant. Préviens-moi quand tu auras fini ta pause.

— Pourquoi ? Qu'est-ce que tu veux me dire ?

— Quelque chose...

— Bon, dit Kim en grommelant et en relevant son siège, c'est ma faute, je n'aurais pas dû rester ici. Allez, vas-y.

Hess montrant son pupitre, derrière lui.

— L'hypercom reçoit tellement d'émissions qu'il ne sait plus où donner de la tête.

Le commandant haussa les sourcils sans comprendre.

— Bruit de fond ?

— Non, fit Hess en secouant énergiquement la tête. Le bruit de fond naturel est réparti sur toutes les fréquences. L'hyperrayonnement d'une étoile dépend de sa masse et de sa densité. Dans une galaxie ou à proximité, comme ici, on enregistre un spectre extrêmement large. Ce dont je te parle est tout différent. Les émissions occupent deux bandes de fréquences très particulières. Devine lesquelles ?

Kim croyait savoir ce que l'ingénieur en chef voulait dire.

— Les bandes habituelles de communication à courte et longue distances ?

— Exactement.

— Cela veut dire qu'Androbêta est occupé par plusieurs civilisations évoluées, ce qui n'a rien d'extraordinaire en soi. Nous nous y attendions. Je ne vois pas ce qui t'inquiète.

— Un simple problème statistique. Nous sommes à cent années-lumière d'Androbêta. Comme notre hyper ne peut détecter de signaux d'une puissance normale au-delà de cent quatre-vingts années-lumière, cela signifie que ce que nous captons correspond à une fraction de quatre-vingts années-lumière de la micronébuleuse. C'est une portion extrêmement faible. Si j'admets que la densité du trafic hypercom est à peu près régulière dans tout Androbêta, cela signifie qu'il s'y trouve en permanence environ cinq millions d'émetteurs en activité. Ce chiffre me paraît tout bonnement colossal. Un hypercom est un appareil très sophistiqué et très coûteux. Dans l'Empire solaire, on estime qu'il y a un hypercom pour deux millions de personnes environ. Ce qui veut dire que la population de la micronébuleuse se monterait à cinq billions...

— Un instant ! l'interrompit le commandant. Qui te dit que la proportion est la même que chez nous. L'hypercom pourrait être très banal ici. Il y en a peut-être un pour mille...

— Ou un pour dix millions, repartit Hess. Mon hypothèse est aussi valide que la tienne.

Le commandant hésita une seconde, puis il se leva.

— En réalité, cela ne fait pas grande différence, conclut-il. Il y a de toute façon trop d'activité. Les choses ont pu changer depuis le passage du *Prométhée* et je ne veux pas courir le risque de perdre les six transporteurs et leur précieuse cargaison.

— Ce qui veut dire ? voulut savoir l'ingénieur.

— Que nous allons laisser les transporteurs ici et avancer seuls pour reconnaître le secteur de notre objectif. Quand nous serons certains qu'il n'y a pas de danger, nous reviendrons.

— Le *Bagalo*, tout seul ! s'exclama Hess, qui n'en croyait pas ses oreilles.

— Nous n'avons pas le choix. Nous n'allons pas revenir au Système Perdu pour chercher des renforts...

L'ingénieur en chef paraissait abattu. Il se leva lourdement.

— Tout seuls ! grommela-t-il. Un jour, j'apprendrai enfin à me taire tant qu'on ne m'a rien demandé...

CHAPITRE II

Les coques métalliques aux reflets mats des six transporteurs rapetissèrent à toute allure sur l'écran du *Bagalo*. Le croiseur accélérait de toute la puissance de sa couronne de propulseurs. Dix minutes après le départ, Kim activa les convertisseurs linéaires. Seul un bref tremblement de lumière marqua à l'intérieur du vaisseau le passage dans l'entrespace. Deux heures plus tard, le *Bagalo* émergeait en bordure d'Androbêta. Un premier repérage rapide montra qu'il s'était rematérialisé très près des trois géantes bleues qui alimentaient en énergie le transmetteur géant de la micronébuleuse. Le secteur où le convoi devait se rendre n'était qu'à neuf années-lumière de Bêta-Triangle.

Kim s'assura que l'espace était libre dans un rayon de cent millions d'années-lumière autour d'eux. Après avoir transmis le commandement à son second, Steve McAllister, il se rendit au pupitre de l'ingénieur en chef. Hess Palter portait son casque, un prototype qu'il avait fait réaliser pour avoir une meilleure vue d'ensemble simultanée de tous les écrans de contrôle. Il avait fait relier tous les terminaux à des coupleurs acoustiques qui l'alertaient dès que la moindre valeur dépassait les limites normales. Avec l'expérience, il parvenait maintenant à identifier en une fraction de seconde la moindre anomalie.

Kim s'appuya sur le pupitre de l'ingénieur, qui leva la tête et griffonna quelque chose sur un bout de plastopapier. Le message était bref : « Toujours du bruit de fond, pas d'écho du *Krest II* ». Kim hésita une seconde, puis il écrivit à son tour au-dessous : « Nous attendons encore deux minutes, puis nous envoyons le code de reconnaissance. »

Hess lut le message, hocha la tête et ferma les yeux en se renfonçant dans son fauteuil.

Le regard du commandant parcourut la totalité de l'écran panoramique, haut de cinq mètres, qui faisait le tour du central. La densité des étoiles était plus faible que sur Terre, mais elles formaient des amas beaucoup plus concentrés. Le système le plus brillant était Bêta-Triangle, avec ses trois géantes bleues dix mille fois plus lumineuses que le Soleil. Ces trois yeux pointés sur le *Bagalo* indisposaient Kim, comme s'ils appartenaient directement aux Maîtres Insulaires. Il s'arracha au spectacle pour consulter sa montre. Les deux minutes étaient presque écoulées. Il tendit son poignet vers Hess en tapotant sa montre pour lui rappeler qu'il était temps d'envoyer le signal.

Au moment où Hess se penchait en avant, il se figea. Ses yeux écarquillés fixaient l'un des écrans de contrôle. En poussant un juron étouffé, il retira son casque en toute hâte et commença à pianoter sur sa console.

— Que se passe-t-il ? s'inquiéta Kim.

Fébrilement, l'ingénieur poursuivait ses contrôles.

— Ce n'est pas vrai ! s'exclama-t-il d'une voix sourde au bout d'un moment.

— Quoi ?

— La chose la plus énorme que j'aie jamais vue est en train de foncer sur nous à une allure inimaginable !

— Quelle taille ? réagit aussitôt le commandant.

— Masse supérieure à dix puissance seize tonnes ! cria Hess. Dimension maximale supérieure à dix mille kilomètres ! Vitesse relative environ onze kilomètres par seconde, distance : à peine deux unités astronomiques !

L'ingénieur n'avait pas encore fini sa phrase que Kim écrasait d'un coup de poing un gros commutateur rouge. Les sirènes d'alarme hurlèrent à travers tout le croiseur. Le commandant se pencha vers l'intercom pour expliquer en quelques mots sur le canal prioritaire ce qui se passait.

Dans l'intervalle, Hess avait poursuivi ses observations :

— Il n'est pas sur un cap de collision, mais il va passer tout près de nous. Son champ gravifique est assez élevé et il va falloir que tu pousses les propulseurs...

— Une minute, pas si vite ! l'interrompit Kim. Tu as d'autres données ?

— Qu'est-ce que tu veux que je te dise ? Il est encore à deux cent quatre-vingts millions de kilomètres !

— Activité énergétique ?

— Non, les détecteurs sont muets.

— Pourquoi est-ce que tu t'affoles, alors ? C'est sûrement un planétoïde errant.

Hess soupira.

— Nous sommes en périphérie d'une micronébuleuse où il n'y a pratiquement pas de perturbations gravifiques majeures. Comment crois-tu qu'une telle masse ait pu être accélérée jusqu'à onze cents kilomètres seconde ? Par la main d'un géant ?

Kim grimaça, amusé. Hess était toujours un peu pédant lorsqu'on touchait à son domaine.

— Bon, alors dis-moi, *toi*, ce que c'est !

— Tout ce que je peux dire, c'est ce que ce n'est *pas*.

— Eh bien, dans ce cas, repartit Kim, j'ai une longueur d'avance sur toi. Moi, je sais ce que c'est !

Comme s'il avait été piqué par une guêpe, Hess se tourna brusquement vers le commandant.

— Oui ? lança-t-il, sceptique.

— C'est un Moby, expliqua Kim en souriant.

L'ingénieur en chef ouvrit la bouche, les yeux ronds, sans pouvoir ajouter quoi que ce soit.

*
**

Kim avait décidé de ne pas attendre que le Moby arrive sur eux. Il avait accéléré pour se porter à sa rencontre. À intervalles réguliers, Hess Palter confirmait l'absence de rayonnement énergétique en provenance du monstre spatial. Kim se persuadait progressivement que le Moby vers lequel ils se dirigeaient était mort.

Le commandant était le seul homme à bord du *Bagalo* qui savait ce qu'était un Moby. Le mémobloc que lui avait remis Reginald Bull rapportait ce qui était arrivé à Troya, le satellite secret, lors de son arrivée dans la micronébuleuse. L'astéroïde, transformé en « cheval de Troie » par l'Empire solaire, avait été avalé par l'un de ces monstre mi-organiques mi-minéraux mis en place par les Maîtres Insulaires. Outre ce récit, le *Prométhée III* avait également ramené au Système Perdu l'ensemble des informations fournies au sujet des Mobys par Grek-1, le chef des Maahks qui s'était rallié à Perry Rhodan.

Pour l'instant, Kim Dosenthal n'avait pas eu le temps de convoquer ses officiers pour leur expliquer ce qu'était vraiment un Moby. Au lieu d'hydrates de carbone, de protéines et de corps gras, le monstre avait besoin d'énergie pour se nourrir. Il disposait d'un système de conversion qui lui permettait de transformer la matière qu'il avalait en énergie. S'il tirait l'essentiel de sa subsistance de la poussière cosmique, microscopique, il pouvait aussi avaler des astéroïdes et même des planétoïdes de bonne taille. Pour lui, un supercroiseur de l'astromarine solaire n'était qu'une sorte de cerise...

Un Moby typique était une sorte de galette ovoïde mesurant quatorze mille kilomètres de long pour une épaisseur de cinq mille kilomètres. Compte tenu de l'importance de leur masse, les Mobys généraient une gravité propre assez importante, suffisante pour retenir une atmosphère. Leur surface était semblable à celle d'un astéroïde errant. Par contre, à l'intérieur, ils étaient creusés d'immenses cavernes, certaines servant d'« estomac », et d'un réseau de tunnels utilisés pour le transport de l'énergie.

Kim avait également appris que les Mobys disposaient d'une certaine intelligence. Une intelligence « instinctive », disait le mémobloc, mais les renseignements étaient trop imprécis pour affirmer que les Mobys en étaient restés à ce stade. Leur cerveau était constitué de gros cristaux anorganiques posés à la surface, côté « dos ».

Logiquement, au lieu de s'en rapprocher, Kim aurait dû s'éloigner le plus vite possible du Moby. Le commandant estimait pourtant qu'une meilleure connaissance des monstres anorganiques était prioritaire dans le cadre de sa mission. Le *Bagalo* avait la chance de pouvoir en étudier un sans trop s'écarter de son but. Comme le Moby se dirigeait droit vers Bêta-Triangle, Kim se disait que rien ne l'empêchait de se poser sur le monstre pour en apprendre un peu plus à son sujet.

Lorsque le *Bagalo* arriva à un million de kilomètres du monstre, Kim expliqua en quelques mots à l'équipage de quoi il s'agissait. Il ralentit progressivement la vitesse du vaisseau pour la phase d'approche. Pendant ce temps, Hess Palter rassemblait le plus possible de données.

Tel une immense ombre grise, la surface du Moby grandissait lentement sur l'écran. Kim Dosenthal l'observait depuis son fauteuil, sur l'estrade centrale. Plus les détails de la surface se précisaient, plus il se demandait si les renseignements qu'on lui avait transmis étaient exacts. Dans l'affirmative, le Moby sur lequel il voulait se poser devait être un cas très particulier.

Plus le *Bagalo* s'approchait, plus les bords du Moby paraissaient lumineux. De son côté, la partie centrale du monstre était devenue d'un noir d'encre. Lorsqu'ils ne furent plus qu'à cent mille kilomètres, Kim comprit ce qui se passait : le Moby avait ouvert sa gueule. Elle était dirigée droit vers le croiseur solaire. Pour Kim, cela faisait trop de coïncidences pour que ce soit un simple hasard.

Il demanda à Hess pour la dixième fois de répéter ses mesures. Comme d'habitude, le résultat était négatif. Le Moby n'émettait pas d'énergie. Le commandant se dit qu'après tout, il était peut-être mort en ouvrant la gueule. Kim fit corriger une dernière fois le cap du *Bagalo* et laissa le vaisseau s'approcher lentement en direction de l'immense gueule béante du monstre.

À bord, tout était calme. Les hommes retenaient leur souffle. Les antennes des détecteurs transmettaient des données sans interruption. Le vaisseau s'approcha de l'ouverture immobile puis s'y glissa lentement. Les parois intérieures de la gueule, à plusieurs milliers de kilomètres de part et d'autre du *Bagalo*, étaient couvertes de montagnes, trouées par des failles et des cratères. En haut, une immense plaine striée de profonds ravins était aussi grande que le Groenland.

Le commandant secouait la tête, comme s'il avait du mal à s'habituer à ce spectacle incompréhensible. La gueule se rétrécissait progressivement. Les instruments indiquaient qu'elle s'achevait par un énorme tunnel rectiligne de cinquante kilomètres de diamètre. Huit cents kilomètres plus loin, le *Bagalo* en ressortit sans encombre. Le tunnel s'évasait à nouveau. Ils se trouvaient dans une caverne titanesque de trois cents kilomètres de haut. Kim fit stopper le croiseur à cent kilomètres du sol.

L'obscurité était totale, mais les détecteurs transmettaient quand même une image fidèle de la caverne. Le sol était parsemé d'aiguilles et de cônes rocheux qui atteignaient parfois plusieurs kilomètres de haut, mais ce qui intéressait le plus Kim se trouvait juste au centre. C'était une curieuse formation cylindrique de cinquante kilomètres de diamètre pour huit de haut, coiffée par un cône qui montait jusqu'à quatorze kilomètres. La forme des deux formations était pratiquement parfaite. L'écho des détecteurs montrait qu'elles étaient faites d'un tout autre matériau que le reste de la caverne.

Kim décida de se poser près du cylindre. Curieusement, il semblait que la plupart des tunnels servant au transport de l'énergie du Moby convergeaient vers le cylindre-cône. Une fois que le *Bagalo* fut posé, le commandant renvoya l'un de ses officiers et quinze hommes avec une chaloupe dans la gueule du Moby pour surveiller l'espace. Le signal du *Krest II* serait parfaitement perceptible à l'intérieur du Moby, mais ils avaient besoin d'oreilles et d'yeux avancés. Kim ne voulait pas se laisser surprendre.

Le commandant attendit que la chaloupe soit ressortie du Moby pour mettre en route ses propres préparatifs pour sortir du *Bagalo*. Après un rapide briefing avec ses officiers, il donna quelques instructions complémentaires à McAllister, son second, et choisit deux hommes pour l'accompagner : Yotur Dyke, un jeune lieutenant, et, comme on s'y attendait, Hess Palter.

Pendant qu'ils enfilaient leurs spatiandres dans l'un des sas, l'ingénieur en chef fit part à Kim de quelques inquiétudes.

— Tu sais ce que tu fais ? lança Hess en guise d'avertissement.

— Oui, affirma Kim. J'examine l'intérieur d'un Moby mort.

— Qu'est-ce que tu comptes faire exactement ?

— Nous allons essayer d'en savoir un peu plus long sur ce cylindre conique. Il me paraît évident qu'il jouait un rôle important pour le monstre et je veux savoir à quoi il servait, quand bien même je devrais le couper en rondelles.

La déclaration de Kim était loin d'avoir rassuré Hess.

— Pour peu qu'il y ait encore une étincelle de vie dans le monstre, cela risque de ne pas lui plaire...

— Mais voyons ! s'exclama Kim, interloqué. Il est mort ! Que fais-tu de ta curiosité scientifique ?

— Bon, grommela Hess, j'ai simplement un mauvais pressentiment. Les choses me paraissent trop calmes. Je ne me suis pas encore habitué à l'idée que l'on puisse se faire avaler volontairement dans la gueule du loup et que l'on n'ait rien de plus pressé que de lui chatouiller la gorge ! S'il n'est qu'endormi, je ne donne pas cher de notre peau...

— Qui vivra verra ! lança le commandant pour le rassurer.

Le visage fermé, Hess ne répondit pas. Il aidait Yotur Dyke à vérifier son spatiandre et les instruments qu'ils emmenaient. Leur triscaphe était prêt. Le tout-terrain était le véhicule d'exploration idéal, adapté au vol dans le vide et dans l'atmosphère, capable de traverser des continents et des mers. Ovale, l'engin mesurait un peu moins de six mètres de long pour trois mètres de large et de haut. Deux petits sas individuels permettaient d'entrer et de sortir dans tous les milieux.

Kim se mit aux commandes, tandis que Hess et Yotur étaient chargés des détecteurs.

Le triscaphe glissa hors du croiseur. Cent mètres plus bas, le projecteur de vingt kilowatts du triscaphe éclairait d'une lumière violente la surface. Droit devant, la masse imposante du cylindre réfléchissait faiblement la lumière. De part et d'autre, ses contours se noyaient dans l'obscurité.

— Qu'est-ce qu'on fait maintenant ? s'inquiéta Hess.

— Je cherche un endroit pour atterrir, répondit Kim.

— Ce machin est aussi lisse qu'une boule de billard ! objecta l'ingénieur. À moins de nous poser au pied, je ne vois pas...

— Excusez-moi, dit le jeune lieutenant d'une voix timide. Je crois que j'ai trouvé une sorte de niche un peu plus haut.

Kim observa attentivement son écran sans rien remarquer.

— Il a raison, confirma Hess. À deux heures. Il y a une sorte de trait horizontal plus sombre à la surface.

Dix minutes plus tard, le triscaphe avait repris de l'altitude et se trouvait en face de l'entaille. S'étirant sur près de trois kilomètres, elle n'était profonde que de cinquante mètres au centre. D'une hauteur constante de dix mètres, elle était parfaitement régulière. L'ensemble ne devait rien au hasard. Kim décida de poser le triscaphe au centre de l'entaille.

Le sol était parfaitement lisse. Kim s'approcha prudemment du bord de l'entaille. La coupure était nette. La lumière de la lampe se perdait dans l'obscurité, masquant la profondeur de l'abîme qui s'ouvrait devant lui. Quelques kilomètres plus bas, il distinguait à peine une sphère bleuâtre : les écrans du *Bagalo*.

Yotur et Hess le rejoignirent, en restant prudemment éloignés du bord.

— Par quoi allons-nous commencer ? s'inquiéta l'ingénieur.

— S'il y a quelque chose à découvrir ici, c'est à l'intérieur que nous le trouverons, affirma Kim. Autant explorer d'abord la paroi du fond.

Une analyse sommaire montra que le cylindre était constitué d'un élément métallique à densité moléculaire renforcée, insensible aux outils dont ils disposaient. Au bout d'une heure, ils avaient exploré près d'un kilomètre de paroi. Rien. Pas la plus petite égratignure.

— Ce n'est pas la peine de continuer, dit Kim dans son micro. S'il y a un mécanisme d'ouverture, il doit se trouver au centre. Sur les côtés, la plate-forme devient trop étroite. Il vaut mieux revenir près du triscaphe.

Le commandant et Hess Palter se retrouvèrent quelques minutes plus tard.

— Le mémobloc ne parle à aucun moment de structures métalliques, dit Kim. D'après le rapport, la matière cristalline du Moby est semblable à de la roche.

— Ce qui veut dire, commenta Hess, tendu, que le cylindre ne fait probablement pas partie du Moby.

— C'est probable, en effet, admit Kim.

— Qu'est-ce que nous attendons pour partir, alors ! s'exclama vivement Hess. Tant qu'il s'agit d'un Moby normal, on peut admettre qu'il est mort. Mais ça ! Nous ne savons absolument pas comment cela peut réagir. Nous sommes peut-être observés en permanence. Cela peut frapper d'un instant à l'autre !

— Du calme ! s'écria Kim en souriant. Admettons que le cylindre soit une sorte de système de veille...

— C'est exactement ce que je crains, confirma Hess.

— Eh bien, reprit Kim, il aurait dû attaquer le *Bagalo* dès que nous sommes arrivés, non ? Je ne vois pas pourquoi il s'en prendrait à nous trois sous prétexte que nous sommes...

Le commandant s'interrompit brusquement.

— Tu as dit quelque chose ? demanda-t-il à Hess.

— Mais non ! s'exclama l'ingénieur en se retournant. C'était la voix de Yotur !

Le lieutenant avait dû s'attarder en route.

— Ici, commandant ! répéta Yotur, d'une voix affaiblie.

Les deux hommes se précipitèrent vers l'extrémité de l'entaille. Ils réussirent bientôt à distinguer la silhouette du lieutenant, qui semblait se débattre contre un adversaire invisible. Soudain, il disparut.

Kim et Hess s'arrêtèrent. Ils n'en croyaient pas leur yeux. Au bout d'un instant, ils coururent vers l'endroit où ils avaient vu Yotur pour la dernière fois. Au bout de quelques mètres, Kim arrêta l'ingénieur.

— Attends, avertit le commandant. Je crois qu'il vaut mieux nous séparer avant d'aller plus loin. Cela ne servirait à rien de tomber tous les deux dans le piège.

Essoufflé, Hess s'arrêta.

— Mais qu'est-ce que c'est ? Une sorte de trappe ?

— Peu importe. Je vais y aller. Toi, tu restes ici et tu observes, d'accord ?

— Mais nous n'avons plus de contact radio avec Yotur. Qu'est-ce que tu veux que je fasse s'il t'arrive la même chose ? protesta l'ingénieur.

— Dès que je disparaîtrai, tu rejoindras le *Bagalo* après avoir soigneusement repéré l'endroit où c'est arrivé, expliqua Kim. Surtout, n'entreprends rien tout seul... Prends vingt hommes et reviens ici, cela devrait suffire pour nous libérer.

Hess approuva à contrecœur. Kim le fit reculer de quelques mètres et s'avança lentement vers l'endroit où Yotur s'était volatilisé. La plate-forme ne mesurait plus que cinq mètres de large. Le commandant tentait de se remémorer la position exacte du lieutenant. Peut-être était-il tombé dans le vide, après tout ? Non, Kim était certain qu'il se trouvait beaucoup plus près de la paroi du fond. Il obliqua légèrement vers la gauche en observant attentivement le sol.

Tout à coup, il crut distinguer une irrégularité sur le sol. Il s'agenouilla à côté et braqua le faisceau de sa lampe dessus. C'était une petite dépression ronde de quelques millimètres, large comme la main. Ses nerfs étaient à vif. Il s'attendait à voir le sol s'ouvrir sous lui d'une seconde à l'autre.

Malheureusement pour lui, Kim, s'était imaginé qu'il devait s'agir d'une trappe. En fait, l'attaque vint d'une toute autre direction.

Il se sentit aspiré vers le haut avec une force incroyable. Il tournait sur lui-même comme une toupie. La lumière de sa lampe avait disparu. Il cria malgré lui.

Quelque part, un reste de lucidité lui disait que cela ne servirait à rien. Plus personne ne pouvait l'entendre.

Il eut l'impression que son mouvement de rotation se ralentissait. Ses oreilles commencèrent à bourdonner, comme si la gravité avait brutalement changé. Il avait l'impression de tomber dans un puits sans fond. Il finirait bien par arriver quelque part... Il tenta de se recroqueviller pour amortir sa chute mais ses muscles, comme tétanisés, ne lui obéissaient plus.

Soudain, il se retrouva dans une lumière éblouissante. Il heurta quelque chose de dur et tomba sur le côté. À demi inconscient, il entendit une voix puissante gronder : « En voilà encore un ! »

Kim Dosenthal ne put en entendre plus. Le choc avait été trop violent. Il perdit connaissance.

CHAPITRE III

Après des semaines d'angoisse, ils avaient enfin réussi. À bord du vaisseau amiral de la flotte solaire, la tension faisait rapidement place au soulagement.

Derrière le *Krest II*, la masse imposante du Moby occupait encore une partie importante de l'écran panoramique. La guerre déclenchée par les Terriens entre les trois castes des Deux-Nez faisait rage. Perry Rhodan avait réussi à récupérer la totalité de son équipage. La captivité avait été dure. Par chance, les Deux-Nez avaient procédé très lentement dans le démontage du *Krest II*. Toutes les installations vitales étaient en état de marche. Le Moby-Tolot, tel qu'ils l'avaient surnommé, avait pourtant bien failli leur servir de tombe.

Compte tenu de l'interdépendance des trois castes et de leur haine réciproque, la guerre qui venait d'éclater risquait d'exterminer tous les Deux-Nez du Moby. Perry Rhodan le regrettait mais, d'un autre côté, il redoutait plus que tout que la nouvelle de la présence des Terriens parvienne aux Maîtres Insulaires. L'opération Androbêta était vitale pour l'humanité.

L'espoir du Stellarque de passer inaperçu fut néanmoins vite déçu.

Cinq minutes à peine après la sortie du *Krest II* du Moby, des milliers d'échos lumineux couvrirent les écrans des détecteurs. Une flotte de trois mille navires se dirigeait rapidement vers le Moby !

Un examen plus poussé montra qu'il s'agissait de navires du même type que ceux qu'ils avaient pu observer à bord de Troya, le satellite secret, peu après leur arrivée dans Androbêta. En forme de goutte d'eau, ils mesuraient cinq cents mètres sur leur plus grand axe pour cent cinquante mètres d'épaisseur maximale. Les quatre protubérances de la partie la plus large étaient également caractéristiques.

Le *Krest II* réagit le plus rapidement possible à l'irruption des Deux-Nez. Il disparut dans l'espace linéaire. L'observation de la flotte ennemie se poursuivit à l'aide des détecteurs quintidimensionnels. Apparemment, nul n'avait remarqué la présence du *Krest II*. L'escadre continuait imperturbablement sa route vers le Moby.

Pour les Terriens, le danger d'être découvert, qui paraissait écarté, retrouvait d'un coup toute son actualité. Il suffisait qu'un seul Deux-Nez fournisse la description des Galactes pour que toute l'opération soit compromise. Même si les Deux-Nez ne savaient rien de précis quant aux Terriens, le rapport qu'ils enverraient à Andromède suffirait aux Maîtres Insulaires pour qu'ils fassent le rapprochement avec ce qui s'était passé quelques mois plus tôt dans la Voie lactée, avec le brutal échec de l'invasion maahk.

Un soleil jaune de type G se trouvait à moins de deux années-lumière du Moby. Le *Krest II* s'en approcha le plus possible et émergea de l'entrespace. Le vaisseau se cala sur une orbite située à l'intérieur de la zone des protubérances. Les tempêtes énergétiques de l'étoile couvraient les puissantes impulsions provenant du supercroiseur. Revers de la médaille, les détecteurs du *Krest II* étaient eux-mêmes aveuglés par le déluge électromagnétique. Perry Rhodan donna donc l'ordre de larguer plusieurs sondes d'observation au large de la couronne solaire. Les flux de données, retransmis à faible puissance en faisceaux hyperserrés ne risquaient pas d'être détectés.

Les navires des Deux-Nez se regroupèrent autour du Moby, comme s'ils se préparaient à atterrir. L'un des derniers espoirs des Terriens s'envolait. Il y aurait bien contact entre les Deux-Nez et leur colonie.

En poussant un soupir, Perry Rhodan se dit qu'il regrettait amèrement de s'être aventuré près du Moby. Le drame qui s'annonçait aurait pu être évité. Apparemment, il n'y avait en effet qu'une seule possibilité pour sauver l'opération Androbêta.

Déchiré, le Stellarque ne voyait plus comment faire pour éviter la mort des millions d'habitants du Moby et des centaines de milliers de Deux-Nez qui formaient les équipages des navires en goutte d'eau.

*
**

Kim Dosenthal ouvrit les yeux. Il baignait dans une lumière rouge intense qui semblait venir de partout à la fois. Il tourna la tête. À part cette lumière, il ne distinguait rien. Il se releva lentement. Même le sol sur lequel il s'appuyait semblait fait de lumière. Aucune ligne, aucun contour ne pouvait lui servir de point de repère. Il ferma les yeux pour calmer le vertige.

S'il était dans une pièce, elle devait être très grande. Les murs et le plafond étaient invisibles. Il jeta automatiquement un coup d'œil au boîtier de contrôle fixé au bras gauche de son spatiandre. Deux cents degrés ! Il vérifia son circuit radio. De ce côté-là, tout semblait en ordre. Il poussa l'émetteur à sa puissance maximale et appela le lieutenant. Yotur ne répondant pas, il appela Hess. La réponse le figea sur place.

— Il a l'air plutôt appétissant ! dit une voix.

— Oui, mais il est plus important comme source d'informations, rétorqua quelqu'un d'autre.

Lentement, Kim tourna sur place. Il était seul. Les voix lui paraissaient étrangères. En réfléchissant, il se dit qu'elles avaient quelque chose de bizarre, comme si elles n'étaient pas venues des écouteurs de son casque... La conclusion s'imposa vite à lui : télépathie !

Paradoxalement, la présence de deux êtres pensants à proximité le rassura, même si leur dialogue était pour le moins surprenant. Au moins, il n'était pas seul.

— Eh ! Vous deux ! cria-t-il dans son micro.

Pas de réponse. Il répéta son appel mentalement, en vain. Soit ils ne le comprenaient pas, soit ils n'avaient pas envie de répondre. Kim opta pour la première solution.

Il s'accroupit et sortit la petite trousse à outils qu'il avait emportée. Il la posa sur le sol et s'éloigna à reculons en comptant ses pas. Au bout de quatre mètres, il ne la distingua plus. La diffusion de la lumière n'expliquait pas tout. La pièce où il se trouvait devait être emplie d'un gaz opaque. Il revint à la trousse, l'empocha et poursuivit sa route avec la ferme intention de déterminer les dimensions de sa prison.

Il n'avait pas fait deux pas que les voix se manifestèrent à nouveau :

— Il pense, donc c'est bien une source d'informations, reprit la deuxième voix.

— J'ai besoin de provisions, insista la première voix. Au diable ta curiosité !

Kim grimaça un sourire. Le dialogue avait quelque chose de surréaliste. Quelqu'un qui disait « au diable ! » ne pouvait pas être totalement inhumain. Bien sûr, c'était son cerveau qui avait interprété de cette manière la pensée de l'étranger, mais l'expression était logique et possédait un contenu émotionnel. Kim allait repartir quand le dialogue reprit.

— Nous devrions les mettre ensemble, dit la deuxième voix. Nous en apprendrons sûrement plus de cette manière.

— D'accord, répondit celle qui ne voyait en Kim qu'un petit déjeuner.

Tout se passa en un clin d'œil, avant que Kim comprenne vraiment ce qui se passait. Il entendit un cri long et plaintif. Saisi d'effroi, il regarda autour de lui. Une tache sombre apparut devant lui. Les contours se précisèrent rapidement. Un spatiandre !

— Hess..., c'est toi ? demanda-t-il prudemment.

— Bien sûr, qu'est-ce que tu crois ? grésilla la voix de l'ingénieur. Mais où est-ce que nous sommes ?

— Difficile à dire, dit faiblement quelqu'un.

Kim se retourna à nouveau. Une silhouette chancelante émergea du voile de lumière.

— Vous m'avez fait une peur bleue, lieutenant, vous pourriez vous annoncer ! dit tranquillement Kim.

— Désolé, commandant. Je me suis retrouvé ici sans savoir comment, s'excusa Yotur.

— Et toi, Hess, je croyais que tu devais retourner au *Bagalo* ! s'exclama Kim en revenant vers l'ingénieur.

— Je ne suis pas une fusée, moi ! protesta Hess en levant les bras au ciel. Je voulais d'abord attendre un peu pour voir ce qui se passerait...

— Je te garantis que tu finiras par comprendre qu'un ordre est un ordre ! grommela Kim. Et ensuite, qu'est-ce qui s'est passé ?

— Tout est devenu sombre et s'est mis à tournoyer, reprit Hess. Je suis tombé dans une sorte de puits pendant une minute et me voilà !

Ils apprirent qu'il était arrivé la même chose à Yotur. Tout comme Kim, il s'était évanoui, puis il avait erré dans leur étrange prison jusqu'à ce que l'étrange force qui s'était emparée d'eux le propulse près de ses camarades.

— C'est tout ? demanda Kim en dévisageant l'ingénieur et le lieutenant.

— Qu'est-ce que tu veux de plus ? s'indigna Hess.

Le visage du lieutenant, par contre, prit une teinte grisâtre.

— Il y a eu autre chose, commandant, dit Yotur en hésitant.

— Oui ?

— Eh bien, j'ai cru entendre quelque chose. Des voix, il me semble...

Hess éclata de rire. Kim l'observa pensivement.

— Attends un peu, tu veux, avant de te moquer...

Le commandant se retourna vers Yotur.

— Qu'est-ce qu'elle disaient, ces voix, lieutenant ?

On sentait que le jeune homme faisait un gros effort pour s'obliger à répondre.

— Il était question de nourriture et d'informations, commandant.

Kim hocha la tête, satisfait. Il croyait savoir autour de quoi la conversation des étrangers tournait.

— Tout près, dit-il à ses deux camarades, il y a deux entités étrangères. Ce sont elles qui nous ont amenés ici. On dirait qu'elles nous ont enlevés pour mieux pouvoir nous observer. Elles ne sont pas d'accord sur ce qu'il faut faire de nous. L'une d'entre elles est d'avis que nous pourrions lui apporter d'importantes informations, l'autre ne nous considère que comme une ration supplémentaire. Pour l'instant, je n'ai aucune idée de la manière dont la discussion va se terminer. Il faut que nous leur donnions l'impression que nous sommes une excellente source d'informations. En d'autres termes, nous devons nous comporter comme des êtres extrêmement intelligents. C'est compris ?

— À vos ordres, commandant ! assura Yotur, soulagé.

Hess les regardait alternativement sans en croire ses oreilles.

— Qu'est-ce que c'est que cette histoire ? Tu veux dire qu'il voudrait nous... nous dévorer ?

— Exactement. Alors fais ce que je te dis, insista Kim.

Apparemment, Yotur n'avait pas « entendu » les

entités aussi distinctement que lui. Il était également possible que Hess n'ait rien capté de leur dialogue. La réceptivité devait varier selon les individus. Un autre fait lui donnait à réfléchir. Il était normal que Hess n'ait pas reçu son appel radio, puisqu'il se trouvait à l'extérieur du cylindre. Par contre, le lieutenant, lui, se trouvait dans la même pièce et il aurait dû l'entendre. Quelque chose absorbait le rayonnement électromagnétique de leurs spatiandres, quelque chose qui pouvait être lié aux quatre mètres de visibilité de la lumière.

— Écoutez-moi bien, dit-il à ses deux compagnons. La pièce où nous sommes est forcément limitée. Comme nous ne pouvons pas nous quitter, nous allons avancer en ligne droite tous ensemble en restant le plus près possible.

— D'accord, dit Hess, mais le problème, c'est justement d'avancer en ligne droite. Pour peu que la pièce soit assez grande, nous pouvons décrire des cercles à l'infini. Vous savez que nous autres Terriens, nous avons la fâcheuse habitude de faire des pas plus courts avec le pied gauche...

— Il nous faudrait une corde de quatre mètres de long, affirma Kim.

— Pour quoi faire ? s'étonna Hess.

— Comme nous sommes trois, expliqua Kim, si deux d'entre nous se plaçaient aux extrémités de la corde et l'autre au centre, nous pourrions réagir au moindre changement de direction. Celui qui serait placé derrière s'en apercevrait immédiatement.

— D'accord, mais nous n'avons pas de corde, objecta Hess.

— Commandant, intervint Yotur. Est-ce qu'un fil pourrait faire l'affaire ?

— Pourquoi, vous en avez ? s'étonna Kim.

— Oui, il se trouve que j'ai toujours du fil sur moi. On ne sait jamais, cela peut servir...

— Bravo, mon petit ! applaudit Hess.

— Allons, mettons-nous en place, les pressa Kim.

Ils se répartirent tout au long des vingt mètres de fil. La méthode était très empirique et assez approximative, mais elle corrigeait au moins partiellement la tendance de l'homme de tête à tourner vers la gauche. L'effet du champ qui régnait dans la pièce était moins sensible sur les ondes radio que sur la lumière. Ils ne se voyaient plus, mais ils parvenaient à se comprendre.

Placé au centre, Kim signalait à Yotur et à Hess la moindre inflexion. Il se demandait si les deux entités les observaient. L'idée de la ficelle devait leur prouver qu'ils disposaient d'une certaine intelligence... Il s'écoula près de trois minutes avant qu'elles réagissent.

— Je me demande ce qu'ils sont en train de faire, dit une voix, celle qui soulignait toujours l'importance des informations. J'ai peur.

Involontairement, Kim ralentit le pas.

— Donc tu es d'accord, dit la voix de l'entité qui pensait à son garde-manger.

Kim s'arrêta brusquement. Hess, qui était en tête, fut bloqué.

— Qu'est-ce qui t'arrive ? cria-t-il.

Le front baigné de sueur, Kim attendait la réponse de la deuxième entité.

— Je crois bien que oui, répondit l'autre entité.

— Laissez le fil et rejoignez-moi tout de suite ! cria Kim.

— Pourquoi...

— Fais ce que je te dis, Hess ! hurla le commandant.

Yotur émergea de la brume, suivi par Hess. Kim les saisit aux épaules.

— Éloignons-nous du fil, vite ! cria-t-il. Voilà, cela suffira peut-être.

Il s'immobilisa et tendit tous ses sens.

— Halte ! s'exclama l'une des entités. Ils ont abandonné la manœuvre. Cela change tout.

— Mais non ! se plaignit l'autre. Nous nous étions mis d'accord.

— Tu ne comprends pas, objecta celle qui considérait les étrangers comme une source d'informations. Tu dois me les laisser, maintenant. Le fait qu'ils aient interrompu ce qu'ils faisaient aussi vite prouve qu'ils nous entendent. Donc, ils sont intelligents et possèdent beaucoup d'informations...

— Je me moque complètement de tes informations ! J'ai besoin de provisions et je vais...

L'autre entité l'interrompit avec fureur. Ils se querellaient avec une violence à peine imaginable.

— Vous les entendez ? demanda Kim.

— J'entends des voix lointaines, confirma Yotur. Je comprends même quelques mots de temps à autre.

Hess secoua la tête.

— Rien à signaler de mon côté, assura-t-il. Silence sur toute la ligne.

— Moi, j'entends tout, expliqua Kim. Les entités n'ont pas compris ce que nous voulions faire avec la ficelle. Elles doivent y voir parfaitement clair dans cette soupe, elles... elles ont pris peur et elles se sont mises d'accord pour nous dévorer. Quand nous avons laissé tomber la corde, celle qui veut nous étudier a changé son fusil d'épaule et elle préfère maintenant nous laisser en vie. Évidemment, l'autre n'est pas d'accord et elles sont en train de se crêper le chignon. Si seulement nous avions un moyen de nous faire comprendre...

La querelle continuait de plus belle :

— Moi, je suis sûre qu'ils sont très bien comme provisions, toi, tu n'es sûre de rien ! Tu n'as qu'à me prouver qu'ils ont des informations intéressantes !...

— Comment veux-tu que je prouve quoi que ce soit si je ne peux même pas les interroger ! cria l'autre entité...

— Commandant ?

— Oui, lieutenant ?

— À l'Académie, j'ai eu l'occasion de pratiquer la gestuelle ferrolienne, je crois que...

— Qu'est-ce que c'est ? l'interrompit Kim.

— Une manière d'amplifier ses pensées par une technique qui les rend compréhensibles à toute forme d'intelligence,

— Encore bravo ! s'écria Hess en donnant une grande tape sur l'épaule du jeune homme. Vous êtes notre sauveur. J'en ai entendu parler, Kim, ajouta-t-il pour Dosenthal. Quelqu'un qui maîtrise la gestuelle ferrolienne peut se faire comprendre aussi bien qu'un télépathe. Allez-y, Dyke, faites-leur comprendre que nous ne sommes pas leurs ennemis !

Yotur s'écarta légèrement d'eux et commença à

bouger lentement les bras. Kim suivait attentivement la querelle des deux entités. Aucune d'entre elles ne paraissait vouloir céder du terrain, mais on avait l'impression que l'« Affamée » prenait progressivement le dessus. Tout à coup, elles se turent.

— Veilleuse a appelé, n'est-ce pas ?

— J'ai également entendu quelque chose, admit Affamée, mais je ne crois pas que ce soit elle.

— Alors, qu'est-ce que... Ça recommence ! Des pensées ! s'exclama « Curieuse ». Je les comprends parfaitement : « Nous... sommes... amis... avons... aucune... intention... nuire ».

— Qu'est-ce qu'il veut dire par « ami » ? intervint Affamée d'un ton méprisant.

— Silence ! lui intima Curieuse. Tu n'y connais rien. Tout ce que tu sais faire, c'est t'occuper de tes provisions ! Alors tais-toi et écoute.

Yotur poursuivait imperturbablement. Parfois, Kim croyait même percevoir des bribes du message qu'il envoyait aux entités. Curieuse, cette fois triomphante, se manifesta à nouveau.

— Maintenant, tu n'as plus le choix, lança-t-elle à Affamée. Ce sont vraiment des sources d'informations et tu dois me les laisser !

— Si tu y tiens ! accepta l'autre de mauvais gré.

Kim se sentit soulagé d'un grand poids. Ils allaient peut-être pouvoir en apprendre un peu plus long sur les étranges habitants du cylindre...

*
**

La tension était montée d'un cran à bord de la nef amirale de l'Empire. Ils ne recevaient plus que des impulsions très réduites en provenance du Moby. Les équipages étaient sûrement entrés en contact depuis longtemps avec l'une ou l'autre des castes. Jusqu'à présent, leurs efforts pour rétablir la paix paraissaient avoir été vains. Les sondes continuaient d'envoyer des impulsions correspondant à des explosions nucléaires.

La société des Deux-Nez était malheureusement ainsi faite que quelle que soit la caste des soldats venus de l'espace — sans doute des Nez-Bleus —, ils avaient sûrement été pris à partie par les deux autres, les Rouges et les Blancs.

Les techniciens du central de détection étaient tous à leur poste. L'un des navires en goutte d'eau pouvait quitter le Moby-Tolot à tout moment pour demander des renforts ou remettre un rapport sur la situation. On entendrait parler dans toute la micronébuleuse des étrangers, venus à bord d'un navire sphérique, qui avaient semé une telle pagaille...

La plupart des membres de l'état-major du *Krest II* étaient d'avis que la destruction totale du Moby-Tolot s'imposait. Le porte-parole du groupe favorable à une action immédiate n'était autre qu'Atlan.

Rhodan acceptait les arguments d'Atlan d'un strict point de vue militaire, mais il lui rappela fermement que l'Empire qu'il avait bâti obéissait à certains principes :

— Je préférerais abandonner cette opération, prendre la fuite avec toutes nos unités d'Androbêta et par-dessus le marché jurer solennellement que l'Empire se contentera à l'avenir de sa propre galaxie plutôt que de sacrifier plusieurs millions de victimes innocentes sous prétexte que c'est stratégiquement avantageux pour nous !

La discussion était close.

CHAPITRE IV

La lumière commença à changer. Le rouge céda la place à un blanc laiteux puis au jaune. Kim avait l'impression que l'atmosphère était devenue plus transparente, mais ils ne voyaient toujours aucune limite à la pièce où ils se trouvaient.

— L'entité va nous poser des questions, dit-il hâtivement à Hess et à Yotur. Comme je suis le seul à le comprendre, il faudra que vous répétiez mot pour mot les réponses que je vous indiquerai, Yotur. Hess, tu vas avoir largement le temps de trouver une solution pour nous sortir de là.

Kim s'interrompit dès qu'il perçut les pensées de Curieuse. Elles étaient très fortes et très claires.

— Nous sommes entre nous, Affamée s'est retirée. Je crois que vous avez beaucoup de choses à me dire. Pour commencer, d'où venez-vous ?

Kim, qui voulait surtout en savoir un peu plus au sujet des entités, réfléchit une fraction de seconde puis dicta lentement la réponse au lieutenant :

— Nous venons des étoiles. Sais-tu ce que c'est ?

Curieuse avala l'hameçon :

— Les étoiles paraissent de loin être des points lumineux dans l'obscurité, répondit-elle. De près, ce sont des masses de gaz incandescents. Elles sont le plus souvent solitaires, parfois à deux ou à trois, et il n'est pas rare de les voir entourées de corps plus petits de matière froide.

Kim était impressionné.

— Nous venons de l'un de ces petits corps, fit-il dire par l'intermédiaire du lieutenant.

— À quelle distance d'ici ? voulut savoir l'entité.

Devenu plus hardi, le commandant répondit par une autre question :

— Comment détermines-tu les distances et le passage du temps ?

— Une unité de temps est la durée qu'il faut à l'étoile d'où nous venons pour passer de sa plus grande brillance à son plus faible éclat et retrouver son éclat maximal.

— Nous ne connaissons pas cette étoile, répondit Kim. Connais-tu une autre unité de temps ?

— Oui, par exemple celle qui correspond au temps écoulé depuis que l'un d'entre vous m'a parlé.

Le commandant se dit que cela devait faire à peu près un quart d'heure.

— Si le corps à l'intérieur duquel nous nous trouvons maintenant se dirigeait en ligne droite vers l'étoile d'où nous venons, il lui faudrait environ trois cents millions de ces unités pour y parvenir.

Kim avait fixé le chiffre arbitrairement. En calculant, pendant que Yotur transmettait le message, il s'aperçut que cela correspondait à plus de cinquante années-lumière, si la vitesse du Moby restait aux alentours de deux mille kilomètres par seconde.

Comme il s'y attendait, Curieuse n'avait pas le même système de numération.

— Combien font trois cents millions ?

— Tu peux nous voir ? lui demanda Kim.

— Oui.

— Alors fais bien attention.

Il leva le bras droit et le fit rapidement redescendre.

— Je peux faire mille mouvements identiques pendant l'unité de temps que tu m'as indiquée. Mille fois mille égale un million. Trois cents est environ un tiers de mille.

Curieuse eut besoin de quelque temps pour digérer l'information. Quand elle recommença à émettre des pensées, ce fut pour proposer un autre sujet aux Terriens :

— Tu as parlé du corps dans lequel vous vous trouvez. Ce corps, c'est moi. Tu ne le savais pas ?

Kim en ouvrit la bouche de surprise. Le Moby était mort. Deux mystérieuses entités avaient trouvé abri à l'intérieur et l'une d'entre elles s'identifiait avec le monstre de l'espace. Pourquoi ?

— Non, nous ne le savions pas, avoua-t-il. Qui est l'Affamée ?

— Lui aussi est ce corps. Et il y a Veilleuse.

— D'où venez-vous ? demanda Kim, abandonnant toute prudence.

— De l'étoile variable dont vient ce corps.

— Ce n'est pas ce que je voulais dire, corrigea le

commandant, qui avait du mal à trouver une formulation claire. Avez-vous toujours été ce corps ?

— Oui, toujours.

Cette réponse ouvrait des perspectives inattendues à Kim. Il avait découvert le secret des trois entités. Il savait ce qu'elles étaient, et s'il ignorait encore comment elles étaient nées, il avait assez d'informations pour préparer un plan. Il se décida aussitôt.

— Affamée est-elle très affamée ? fit-il transmettre par Yotur.

— Toujours. Elle ne pense qu'à manger.

— Nous savons comment lui procurer de la nourriture, affirma Kim, qui retint sa respiration en attendant la réponse.

— Comment ?

— C'est difficile à expliquer, reprit Kim, qui avait préparé son explication. Il faudrait que nous puissions revenir à la surface de ton corps.

— Vous voulez fuir !

La réponse était venue brutalement, coupante comme un coup de fouet. Kim retint une grimace.

— Nous ne voulons pas rester éternellement ici, c'est vrai, répondit Yotur, qui avait dû percevoir la dernière phrase de Curieuse. Pour l'instant, nous n'avons pas d'autre but que de fournir de la nourriture à Affamée. Je t'ai entendu prononcer le mot « ami ». Tu sais ce qu'est un ami ?

— Oui, un ami est quelqu'un avec qui l'on entretient une relation particulière. L'amitié consiste à donner sans hésiter, même si l'on renonce pour ce faire à quelques avantages.

Kim était à nouveau surpris par l'entité. Si sa théorie

sur son origine était juste, cela signifiait qu'elle avait dû s'entretenir avec quantité d'êtres évolués.

— C'est exactement ça, approuva le commandant. Nous trois, nous sommes des amis. On ne laisse jamais un ami dans le besoin. En ce qui nous concerne, il suffira que deux d'entre nous se rendent à la surface le troisième restera ici, en gage, en quelque sorte.

Cette fois, Curieuse réfléchit assez longtemps.

— Je suis d'accord avec la proposition. Je vous transporterai où vous voulez.

— Je vais te décrire l'endroit de ton corps où nous devons nous rendre, expliqua Kim, soulagé. Celui d'entre nous qui va rester est celui qui peut te parler...

— Je suis fatiguée, l'interrompit Curieuse. Nous discuterons des détails quand je me serai reposée.

La lumière autour d'eux s'affaiblit légèrement. Le commandant était un peu déçu de ne pas voir son plan se réaliser immédiatement.

D'un autre côté, c'était peut-être mieux ainsi. Il avait quantité de choses à expliquer à Hess et à Yotur. Ils auraient plus de chances de réussir si chacun savait exactement ce qu'il avait à faire.

*
**

— Il y a trois entités en tout, expliqua Kim. Curieuse, Affamée et une autre, Veilleuse, qui n'est pas encore intervenue. Je ne sais pas quel rôle elle joue. Selon les affirmations de Curieuse, il paraît évident que toutes trois s'identifient au corps du Moby, ce qui impliquent qu'elles utilisent sa mémoire. Elles sont vraiment nées du Moby. Je ne sais pas comment vous l'expliquer. Quand il était vivant, le monstre possédait une masse cérébrale colossale. Compte tenu de l'énormité des fonctions à réguler, ce cerveau ne suffisait sûrement qu'à lui donner une intelligence des plus médiocres.

« Il en va tout différemment chez les trois entités. Elles ne contrôlent plus la totalité du corps du Moby, sinon, elles auraient attaqué le *Bagalo* lorsqu'il est arrivé. Elles se partagent les capacités cérébrales de ce qui fut le Moby, de telle sorte que chacune d'entre elles ne remplit qu'une et une seule fonction. Affamée est chargée de la nourriture et de sa digestion, Curieuse étend ses connaissances, qui l'aident à procurer de la nourriture à la première. Quant à la troisième, Veilleuse, elle est apparemment chargée d'observer l'espace. J'imagine que l'une des trois — je parierais pour Curieuse — possède encore la faculté de diriger dans une certaine mesure le corps du Moby. Veilleuse la dirige en lui indiquant les endroits intéressants où il y a de la nourriture pour Affamée.

« Les capacités cérébrales du Moby, insuffisantes pour lui donner une véritable intelligence, font par contre de Curieuse un être potentiellement très doué. Affamée a l'air stupide. Quant à Veilleuse, je n'en sais encore rien. »

Kim s'interrompit. Comme à son habitude, Hess devait avoir quantité de choses à objecter à son raisonnement. Il fut d'autant plus surpris par la réaction de l'ingénieur en chef.

— Après tout ce que j'ai entendu, tes hypothèses me semblent plausibles. Évidemment, il est difficile d'imaginer comment le cerveau du Moby a pu migrer pour donner ces trois créatures. C'est peut-être une question d'évolution sur des millénaires, ou une mutation, après tout. De toute façon, l'essentiel est que nous trouvions un moyen de sortir d'ici. S'il y a une chose dont je suis sûr, c'est que ni Curieuse ni Affamée n'ont l'intention de nous laisser repartir.

— Je suis arrivé à la même conclusion, approuva Kim. Malgré leurs réactions presque humaines, ces créatures n'ont qu'un seul but : quand Curieuse aura tiré de nous tout ce que nous savons, elle nous jettera en pâture à Affamée...

— J'ai cru comprendre que tu avais un plan pour nous sortir de là, suggéra Hess.

— Oui, assura Kim. Les deux entités s'identifient avec le corps du Moby, mais je doute fort qu'elles en connaissent vraiment toute l'étendue. Leur système nerveux — où l'équivalent — doit être assez limité. Veilleuse dispose peut-être de capacités supérieures, je n'en sais rien. Pour l'instant, je crois que si nous prélevions une grosse masse de substance du Moby assez loin et que nous la donnions à Affamée, aucune des entités ne remarquerait qu'elles dévorent leur propre corps.

— D'accord, mais pourquoi devrions-nous d'abord satisfaire Affamée ? s'étonna Hess.

— Parce qu'elle nous donne une possibilité de sortir d'ici. Curieuse dispose manifestement d'une sorte de pouvoir télékinétique avec lequel elle nous a transportés ici. Elle nous enverra à la surface de la même manière. Si nous nous arrangeons pour être déposés à l'extrême limite de son pouvoir, nous échapperons à son contrôle en marchant quelques kilomètres. Nous ne pourrons pas atteindre le *Bagalo* avec les minicoms des casques, mais nous devrions pouvoir contacter la Gazelle. En retournant au croiseur, elle pourra nous procurer les appareils dont nous avons besoin pour nous tirer définitivement d'affaire.

— Ça y est, j'ai compris ! s'exclama Hess. Bravo, ton plan est excellent !

En souriant, Kim se retourna vers le lieutenant pour savoir ce qu'il en pensait. Yotur Dyke lui renvoya tranquillement son regard.

Soudain, Kim prit conscience que le jeune homme n'avait pas dit un mot depuis une demi-heure.

*
**

Deux heures plus tard, Curieuse se manifesta à nouveau. La lueur laiteuse qui les environnait s'intensifia légèrement et Kim perçut aussitôt les pensées de l'entité.

— Êtes-vous prêts à apporter de la nourriture à Affamée ?

Yotur acquiesça. Curieuse s'enquit de l'endroit où ils voulaient se rendre. Kim réussit à négocier qu'ils resteraient absents pendant cinq heures, soit vingt des unités de temps de l'entité.

Durant les négociations, Kim crut percevoir un certain malaise chez Curieuse. Elle semblait se méfier des propositions de ses prisonniers. Ses hésitations confirmèrent le commandant dans sa supposition que le domaine de l'entité était limité. Elle lui faisait penser à une homme paralysé des jambes qui, tout en sachant qu'elles sont là, est incapable de les sentir et de les faire bouger. Curieuse se donnait du mal pour dissimuler son handicap. Le fait que l'entité ait accepté de conclure mettait aussi en évidence autre chose : Affamée avait un besoin vital de nourriture.

Comme la première fois, Kim se sentit emporté par un tourbillon. Pendant plusieurs secondes, il eut l'impression de chuter dans un puits obscur. La première chose qu'il vit en se relevant fut Hess, juste à côté de lui, puis les myriades de petits cristaux qui luisaient sous le voile lumineux d'Andromède, juste au-dessus de leurs têtes.

Ils cherchèrent à s'orienter. Ce secteur de la surface du monstre spatial était assez plat. Sur leur droite, à trois kilomètres de distance, la plaine était dominée par des collines qui s'élevaient jusqu'à des sommets vertigineux.

À gauche, la plaine s'étendait jusqu'à l'horizon. Kim le scruta attentivement. Il croyait distinguer une sorte de lacune dans le firmament. Au bout de quelques instants, il fut sûr d'avoir vu juste.

— Regarde, dit-il à Hess en tendant le bras vers la gauche. La gueule se trouve dans cette direction. Elle est trop loin pour qu'on la voie, mais on arrive à distinguer un croissant sombre sur le ciel.

Les distances étaient difficiles à estimer, mais Kim pensait que la tête du Moby se trouvait à un bon millier de kilomètres d'eux. Même en cinq heures, ils n'avaient aucune chance de s'en rapprocher significativement. S'ils ne réussissaient pas à joindre la Gazelle de là où ils étaient, leur aventure s'arrêterait là...

La gravité n'était que d'un demi-g. À grands bonds, ils s'éloignèrent de l'endroit où Curieuse les avait déposés. Ils coururent pendant une vingtaine de minutes et parcoururent environ dix kilomètres. Kim était certain qu'ils étaient sortis de la zone d'influence de l'entité. Il se retourna pour mémoriser la direction de l'endroit d'où ils venaient. Deux pics aigus lui fournirent un bon repère.

Par gestes, il demanda à Hess de découper un quartier de roche dans le sol à l'aide de son radiant. Ensuite, il se tourna vers la gueule du Moby et focalisa au maximum le faisceau de communication du minicom. Il ne savait pas jusqu'à quel point les organes récepteurs de Curieuse étaient sensibles aux rayonnements électromagnétiques. Dans le doute, il prenait le maximum de précautions.

À l'abri dans la gueule, la Gazelle avait peu de chances de détecter le faible signal du casque. Avec un peu de chance, si la substance du Moby était un peu moins dense au niveau de la tête, si l'opérateur était vigilant...

Une chance sur cent, se dit Kim avec un sourire crispé. Il répétait inlassablement le message codé : « Sachem un à sachem trois, répondez... »

Pas de réponse. Le commandant émettait maintenant à pleine puissance depuis dix minutes. Hess, pourtant placé derrière lui, avait dû couper son récepteur pour éviter d'être assourdi.

— Sachem un à sachem trois, répondez...

Kim consultait sa montre de plus en plus souvent. Ils avaient déjà perdu une heure. Il se donna encore quarante minutes. Si la Gazelle ne répondait pas, il allait devoir changer son plan. Malheureusement, Curieuse ne leur donnerait sûrement pas une deuxième chance.

Ils étaient partis du *Bagalo* depuis plus de sept heures. Kim essayait d'imaginer les réactions de McAllister. Alarmé par leur soudaine disparition, le second avait peut-être décidé de sortir du Moby. Dans ce cas, la Gazelle qu'il cherchait désespérément à contacter n'était plus là...

— Sachem un à sachem trois, répondez...

Soudain, Hess vit Kim tressauter. Il avait cru entendre une voix. Le commandant maîtrisa son tremblement et vérifia que le volume du récepteur était poussé à fond.

— Sachem un... trois... bien vous ?

— Ici sachem un, je vous reçois, énonça plusieurs fois Kim lentement en détachant les syllabes.

Il décrivit leur position et donna au commandant de la Gazelle des instructions pour améliorer le contact.

L'opérateur répétait au fur et à mesure les mots de Kim. Au bout de trois ou quatre minutes, l'opérateur indiquait qu'il l'entendait fort et clair.

— Je me trouve dans l'espace, près de la gueule, confirma l'officier qui commandait la chaloupe.

— Bien, nous n'avons pas de temps à perdre. Faites enregistrer mes instructions et agissez immédiatement. La moindre seconde gagnée augmente nos chances de nous en sortir, compris ?

— À vos ordres, commandant.

Kim donna ses ordres. Le *Bagalo* devait quitter immédiatement l'endroit où il se trouvait et se placer en bordure de la gueule du Moby. Un triscaphe de la Gazelle devait récupérer à bord du croiseur le matériel dont le commandant avait besoin pour la suite des opérations. Dès qu'il serait chargé, le triscaphe rejoindrait le plus vite possible Kim et Hess Palter. La Gazelle resterait en position durant tout ce temps pour relayer les communications avec le *Bagalo*, qui devait se préparer à partir à tout moment.

Quand l'officier de la Gazelle confirma les ordres de Kim, l'opération était déjà lancée. Il ne restait plus au commandant et à Hess qu'à prendre leur mal en patience. Tout dépendait de la rapidité des hommes du *Bagalo*.

Kim se sentait épuisé. Il regardait sans réagir Hess, toujours occupé à sectionner un fragment de roc. Au bout d'un moment, il se décida à donner un coup de main à l'ingénieur. Il n'avait pas encore fait le premier pas qu'une voix puissante et claire envahit son cerveau :

— Bravo, étranger, ton plan est vraiment très habile !

*
**

La panique le paralysa. Hess, qui n'avait pourtant rien capté du message télépathique, s'était arrêté de travailler et le regardait. Au fond de son ventre, la peur poussait Kim à courir à toutes jambes pour se cacher n'importe où. Il frissonna.

Sans oser se l'avouer, il croyait avoir reconnu la voix qui s'était adressée à lui. Si c'était celle qu'il supposait, tous leurs efforts avaient été vains. La pensée étrangère se manifesta à nouveau.

— Qui... qui es-tu ? pensa Kim en tremblant.

— Comme si tu ne le savais pas ! s'exclama la voix avec une ironie mordante.

— Veilleuse...

Incapable de raisonner, Kim enregistra pourtant que l'entité comprenait parfaitement ses pensées. Le flux télépathique de la troisième entité était incomparablement supérieur à celui des deux autres.

— Oui, Veilleuse, reprit la voix tranquillement.

D'un geste morne, Hess donna un coup de pied dans le bloc de roche qu'il avait eu tant de mal à dégager.

— Voyons, mes amis, vous n'avez aucune raison de vous sentir découragés, dit doucement l'entité.

Tout en remarquant que Veilleuse percevait aussi les pensées de Hess, Kim se reprit à espérer. Était-ce le ton de la voix ou une intuition, il avait l'impression qu'il n'avait rien à redouter de Veilleuse.

— Que veux-tu dire ? s'enquit-il.

— Je vous ai observés tout le temps. J'ai épié toutes vos pensées et je connais votre plan. Je dois avouer que je le trouve assez audacieux...

— Fais attention, Kim, avertit Hess, ne crois pas un mot de ce qu'elle te dit ! Elle doit aimer l'humour noir...

— Silence ! rétorqua le commandant.

— Je comprends votre méfiance, poursuivit Veilleuse d'un ton amusé. Vous changerez peut-être d'avis quand vous connaîtrez mon histoire, ou plutôt celle de ce corps qui fut un jour celui d'un être très puissant. Vous n'avez rien d'autre à faire pour le moment. Alors, écoutez...

Kim accepta la proposition de Veilleuse. Jamais il n'avait entendu une histoire aussi extraordinaire...

Dix mille ans plus tôt, le Moby était dans la force de l'âge. Il avait commencé à ressentir les premiers symptômes de la maladie qui le dévorait de l'intérieur.

Les armées de bioparasites commençaient à atteindre ses centres vitaux. Il savait que, sitôt mort, les bioparasites n'auraient rien de plus pressé que de « phagocyter » les cristaux géants de son cerveau, particulièrement riches en énergie stabilisée. La dernière chose qu'il fit avant de mourir fut d'établir un barrage énergétique autour de son cerveau. L'écran était alimenté par une source d'énergie que les bioparasites ne pouvaient atteindre. Le Moby espérait que les bioparasites se lasseraient d'assiéger les cristaux géants au bout d'un certain temps. Il savait aussi que, privés d'énergie, ils finiraient aussi par disparaître.

Le processus enclenché — en partie instinctivement — par le Moby avant sa mort déclencha au cours des siècles suivants le processus qui donna naissance aux entités, les trois sœurs stellaires.

La masse cérébrale du monstre spatial était rassemblée à quatre-vingt-dix pour cent dans trois énormes cristaux anorganiques. Le reste était dispersé sous forme de minuscules cristaux. À l'abri de l'écran protecteur, chacun des cristaux majeurs donna naissance à une entité bien distincte. Chacune d'entre elles possédait une partie de la mémoire du Moby. La première avait hérité du système mémoriel contrôlant les organes de la nutrition et de la digestion, la seconde le système sensitif chargé d'explorer l'espace et la troisième avait hérité des facultés, apparemment inutiles, de contrôle et d'intégration de l'ensemble. En d'autres termes, Veilleuse disposait des facultés qui, si elles avaient pu se développer, auraient fait du Moby un être doué d'intelligence...

Sa part d'héritage avait potentiellement fait de

Veilleuse dès sa naissance la plus intelligente des trois entités. Elle essaya vite de développer son savoir. Par malheur, Curieuse, héritière de quarante pour cent de la matière cérébrale du Moby, était nettement plus précoce.

Au fil des millénaires, de nombreux objets s'approchaient du Moby mort. Tous les cinquante ou soixante ans, l'un de ces objets portait des êtres intelligents, des voyageurs de l'espace. Curieuse les capturait et les livrait à Affamée après en avoir extrait toutes les connaissances. Progressivement, Curieuse fit preuve d'un certain mépris à l'égard de ses deux sœurs. Elle se sentait supérieure à elles. Affamée s'en moquait, mais Veilleuse réagit vivement. Heureusement, Curieuse n'avait aucun moyen d'imposer ses volontés à sa sœur par la force.

Dès cette époque, Veilleuse prit de moins en moins part aux rencontres des sœurs dans la « halle » — Kim comprit qu'il s'agissait du cylindre où Curieuse les avait emmenés —, une construction conçue par Curieuse et réalisée par Affamée où les pensées des trois sœurs pouvaient interagir. L'architecture intérieure du cylindre-cône faisait office de réflecteur permettant aux trois sœurs de former une unité de pensée. La halle était le chef-d'œuvre de Curieuse.

Le premier acte de Veilleuse pour conquérir son indépendance avait été tenter de récupérer de la matière cérébrale. Elle avait réussi à rassembler la quasi-totalité des cristaux pulvérulents disséminés à la surface, récupérant ainsi à son profit dix pour cent du cerveau initial du Moby. Cela paraissait peu, mais cet apport avait suffi à décupler ses capacités. Sagement, Veilleuse avait dissimulé sa nouvelle puissance à ses sœurs. Grâce à quelques tours qu'elle avait mis au point, elle réussit à entrer en contact la première avec les vaisseaux qui passaient. Dans certains cas, les malheureux étaient malgré tout la proie de ses deux sœurs voraces. En un peu moins de trois siècles, Veilleuse réussit à développer son propre système d'assimilation d'énergie, qui la rendit pratiquement indépendante d'Affamée. Mais Affamée contrôlait aussi la motricité résiduelle du corps du Moby. Sur ce plan, Veilleuse était encore impuissante et toutes les consignes de direction qu'elle donnait étaient contrôlées par Curieuse, qui avait commencé à se méfier.

Voilà où les choses en étaient pour le moment.

Les deux Terriens restèrent un long moment silencieux quand Veilleuse eut fini son récit.

— Voilà, reprit Veilleuse, il n'y a pas vraiment de guerre entre nous, je ne pourrais pas me le permettre, mais je ne vois pas pourquoi je chercherais à vous empêcher de poursuivre votre plan...

Le cerveau de Kim travaillait soudain à plein régime. Veilleuse le remarqua aussitôt.

— Tu me sembles bien excité, s'étonna l'entité.

Kim se calma aussitôt. Il ne devait pas commettre d'erreur.

— C'est le soulagement, mentit-il. Pendant un moment, j'ai cru que nous étions cuits.

— Je me doutais bien que mon intervention ne vous laisserait pas froids, remarqua Veilleuse avec une certaine complaisance.

— C'est le moins qu'on puisse dire, renchérit Hess.

— C'était une simple plaisanterie, rien de plus. Je

voulais voir votre réaction. En réalité, je vous veux vraiment du bien et je peux le prouver, affirma Veilleuse sérieusement.

— Comment ? attaqua aussitôt Kim, intéressé.

— J'ai capté dans vos pensées que vous êtes venus ici pour retrouver un autre navire...

Le cœur de Kim fit un bond dans sa poitrine. Quelque chose en lui criait « Danger ! ». Il fit un effort pour garder son calme.

— Je n'ai jamais vu de navire comme le vôtre, poursuivit Veilleuse d'un ton égal. Vous devez donc venir de très loin. Le navire que vous cherchez est très puissant. Autrement dit, il ne passe pas inaperçu là où il apparait. Or, il se trouve que je connais un endroit où règne en ce moment même une certaine effervescence...

Le raisonnement de l'entité ne parvenait pas à convaincre totalement Kim. Tout cela paraissait un peu tiré par les cheveux.

— Et où cela se passe-t-il ? s'enquit-il.

— À environ quatre cents années-lumière d'ici, dans une direction qui est exactement perpendiculaire aux trois soleils bleus jumeaux qui vous servaient de point de mire lorsque vous êtes arrivés.

Le commandant siffla légèrement. La puissance mentale de l'entité était vraiment étonnante. Elle avait déjà réussi à intégrer beaucoup de choses à leur sujet... Le renseignement ne lui paraissait pas d'une grande importance, mais il remercia quand même l'entité.

— Votre véhicule arrive, les avertit Veilleuse. Je me retire, maintenant, et je vous souhaite bonne chance...

Surpris, Kim leva la tête. C'était bien le triscaphe. Il

se posa à cinquante mètres d'eux.

À grands bonds, les deux hommes rejoignirent le tout-terrain. Les deux sas étaient ouverts.

— Tout est comme vous l'avez demandé, commandant, assura le pilote par minicom.

— Bien, faites-le sortir, ordonna Kim.

Une silhouette en spatiandre sortit du triscaphe. L'homme s'approcha et salua.

— Ingénieur en chef Palter à vos ordres, commandant !

Kim fit le tour de l'homme.

— Parfait, excellent travail, murmura-t-il.

— Voilà donc ton idée, dit Hess. Il faut au moins reconnaître que tu as de l'imagination, mais tu ne me feras pas croire que Curieuse va tomber dans le panneau.

— Et pourquoi pas ? L'androïde pèse à peu près le même poids que toi et il te ressemble assez. Il émet des impulsions cérébrales primaires qui peuvent passer pour les tiennes. Dès que Yotur et moi nous éloignerons, son psychogénérateur s'occupera de cette vilaine Curieuse.

— Écoute, je ne vais pas te laisser repartir seul avec ce...

— Silence et grimpe, ordonna Kim d'un ton sans réplique. Nos cinq heures sont presque écoulées. N'oublie pas, ajouta-t-il en poussant son ami dans le sas du triscaphe, nous émettrons le code dès que nous serons revenus ici.

Le sas se referma. Kim et l'androïde reculèrent pour laisser le triscaphe décoller.

— Viens, maintenant, dit Kim, nous avons encore du chemin à faire.

Le robot chargea le bloc découpé par Hess et s'élança à la suite du commandant. Malgré le poids de la roche, il suivait sans difficulté apparente l'allure infernale imposée par le Terrien.

Tout en avançant, Kim se dit qu'il avait bien fait de ne pas en dire plus à Hess. Veilleuse avait de grandes oreilles et il s'en méfiait. L'histoire que l'entité lui avait racontée présentait certaines contradictions : comment pouvait-elle affirmer avoir développé son propre système nutritif et admettre simultanément qu'elle était toujours dépendante d'Affamée sur le plan énergétique ?

S'il n'y avait pas de guerre entre les trois sœurs, pourquoi Veilleuse le laissait-elle poursuivre son plan, alors qu'elle savait très bien où il voulait en venir ? En vérité, Veilleuse voulait certainement profiter de l'intervention du Terrien pour prendre le contrôle d'Affamée...

Les querelles intestines des trois sœurs n'intéressaient pas Kim. Son plan était bien calculé. Les impulsions du psychogénérateur de l'androïde devait pouvoir abuser Curieuse pendant plusieurs heures, et elle découvrirait la supercherie trop tard. Normalement, son intelligence la conduirait à admettre qu'elle ne pouvait rien y changer, et elle finirait par se calmer.

Veilleuse, par contre, avait besoin d'une véritable tempête pour retourner la situation à son avantage. Pour y parvenir, elle connaissait un moyen très simple : dès que le Terrien mettrait son plan à exécution, elle comptait bien avertir Curieuse de ce qui se tramait.

Kim vérifia l'heure et accéléra encore.

CHAPITRE V

Les pics d'énergie en provenance du Moby-Tolot s'étaient faits plus rares, comme si les forces deux-nez débarquées de l'espace avaient réussi à calmer la guerre intercaste. Si c'était le cas, les premières unités en forme de goutte d'eau n'allaient pas tarder à quitter le Moby.

À bord du vaisseau amiral de l'Empire, chacun était bien conscient que cela signifierait la fin de l'incognito des Terriens.

Pour la première fois depuis très longtemps — plusieurs décennies —, les divergences entre le Lord-amiral Atlan et le Stellarque s'étaient transformées en une violente opposition. Perry Rhodan s'en tenait toujours à sa décision d'épargner des vies innocentes. Il avait ordonné qu'en cas de retour des navires ovoïdes à leur base, le *Krest II* devrait rejoindre le plus rapidement la base secrète de Troya. Le vaisseau était en état d'alerte maximale.

Pour Atlan, la décision de Rhodan était une erreur

majeure. Ils connaissaient suffisamment les Maîtres Insulaires pour savoir qu'ils ne reculeraient devant rien pour mettre la main sur les intrus, dussent-il bloquer la totalité de la micronébuleuse pendant des mois. Un autre facteur compliquait encore la situation. Les transporteurs envoyés par Bully ne tarderaient plus à arriver au point de rendez-vous, augmentant encore les risques de détection.

De plus aucun des croiseurs de Troya n'était en mesure de rejoindre le Système Perdu par ses propres moyens. Dans le pire des cas, il faudrait transborder tous les équipages sur les transporteurs géants, ce qui posait de graves problèmes de sécurité. Si les six navires étaient attaqués, les Terriens étaient perdus jusqu'au dernier. La partie, risquée depuis le début de l'opération « tête de pont », devenait très dangereuse.

À bord du *Krest II*, on commençait à murmurer que Perry Rhodan était prêt à sacrifier des milliers de vies humaines pour épargner les Deux-Nez. Au moment où la tension atteignait un point critique, le sort vint en aide à Perry Rhodan. De violentes décharges d'énergie, les plus fortes jamais enregistrées, furent à nouveau captées en provenance du Moby-Tolot.

Le cerveau impotonique du *Krest II* affirmait que si les séries d'explosions se poursuivaient avec la même intensité, le Moby allait soit imploser, soit être la proie d'un incendie nucléaire à brève échéance.

L'espoir revint à bord du vaisseau amiral.

*
**

Kim et l'androïde n'arrivèrent au point de rendez-vous qu'une minute avant l'expiration du délai. Ils n'eurent pas à attendre. Le tourbillon que le commandant connaissait bien s'empara aussitôt d'eux.

Quand il se releva, Kim aperçut l'androïde et le bloc de rocher. À quelques mètres de lui, sa silhouette presque gommée par la clarté nébuleuse, il reconnut Yotur Dyke. Le lieutenant n'était pas au courant de son plan. Kim savait qu'à peine arrivé, il courait déjà un risque. Yotur risquait de voir qu'un androïde avait pris la place de Hess.

— Je suis heureux de vous voir revenir à temps, commandant, dit Yotur, soulagé. Et vous aussi, ajouta-t-il en se tournant vers le robot.

Le lieutenant jouait le jeu. Rien dans sa voix ne trahissait sa surprise.

— Quoi de neuf chez vous, lieutenant ? demanda Kim.

— J'ai fini par m'habituer aux pensées des entités. J'arrive à les comprendre presque parfaitement.

— Parfait, dit Kim. Pouvez-vous contacter Curieuse maintenant ?

— Je vais essayer, commandant.

Le lieutenant plissa les paupières pour se concentrer. En le voyant faire, Kim se sentit un peu coupable de l'avoir relativement négligé jusqu'à présent. Dyke était très discret, mais on pouvait compter sur lui. Kim Dosenthal se promit de corriger le tir dès qu'ils seraient tirés d'affaire.

— Enfin, vous êtes de retour ! gronda la voix de Curieuse dans l'esprit de Kim. Et vous avez apporté de la nourriture pour ma sœur... Je suis impatiente de savoir comment vous avez fait. Mais, pour l'instant, il faut donner à Affamée ce qu'elle attend.

Kim l'entendit appeler sa sœur, qui se manifesta aussitôt :

— Oui, qu'est-ce qu'il y a ?

— Un morceau de matière inerte pour assouvir ta faim, répondit Curieuse.

— Je le vois. Tu n'en as pas besoin ? s'étonna Affamée, la voix pleine d'espoir.

— Il ne peut rien m'apprendre. Prends-le.

De laiteuse, la lumière devint rougeâtre. Apparemment, chacune des sœurs possédait sa propre couleur. Blanc pour Curieuse, rouge pour Affamée. Kim se demanda comment Veilleuse se manifestait.

L'attention du commandant fut tout à coup attirée par le bloc de roche. Il bougeait. Il oscilla plusieurs fois puis commença soudain à disparaître. Kim n'en croyait pas ses yeux. En moins de dix secondes, tout était joué. Il ne restait plus rien du bloc, qui devait peser au bas mot cent cinquante kilos !

— C'était excellent, dit Affamée. Les convertisseurs sont en train de le transformer en énergie. Mais il m'en faut d'autres, nos réserves sont basses...

— Un peu de patience, il faut d'abord que les étrangers me disent où ils se sont procuré cette matière.

Kim saisit sa chance au vol.

— Aucun problème ! fit-il savoir par l'intermédiaire de Yotur. Nous pouvons en avoir autant que vous voulez.

— Tu vois ! triompha Affamée. Tes questions peuvent attendre. Il est beaucoup plus important de reconstituer nos réserves.

— Non ! coupa brusquement Curieuse. Je dois

apprendre. C'est ça qui est le plus important !

— Maintenant que nous avons vérifié notre source d'approvisionnement, nous n'aurons pas besoin d'autant de temps que la première fois..., suggéra malicieusement Yotur.

— Cette fois, nous laisserons celui qui vient de m'accompagner avec toi, ajouta Kim pour Curieuse. Il peut aussi te parler et il répondra à tes questions pendant que nous rapporterons de la nourriture.

Curieuse hésitait, mais Affamée, alléchée, la pressait :

— Tu n'as rien à perdre, insista Affamée. Nous avons vraiment besoin d'énergie...

Son intervention fut décisive.

— Je suis d'accord, accepta Curieuse, seulement, vous aurez moitié moins de temps que la première fois. Sinon, je donnerai votre ami qui reste à Affamée pour qu'elle remplisse ses réserves...

— Je crois que nous y arriverons, promit Kim par l'intermédiaire de Yotur.

Le commandant fit signe à l'androïde de s'éloigner. Le lieutenant se rapprocha de lui. Tendus, ils attendirent l'impulsion télékinétique de l'entité. Curieuse était peut-être en train de tester le robot. Le plus inquiétant était que Veilleuse ne s'était pas encore manifestée...

— Je vous transporte maintenant, avertit Curieuse.

Les muscles de Kim se contractèrent involontairement. Il fut tiré vers le haut dans un puits obscur. Maintenant habitué au phénomène, il gardait toute sa lucidité. Perplexe, il cherchait à analyser la dernière image qu'il avait perçue avant de disparaître.

Il pouvait s'agir d'une illusion d'optique, mais il était presque certain d'avoir vu la lumière de la halle se modifier une fraction de seconde avant qu'ils se dématérialisent. De rougeâtre, elle était soudain devenue violette...

*
**

La prise de contact avec le sol fut aussi dure qu'à l'accoutumée. Kim perdit l'équilibre et heurta l'épaule de Yotur Dyke. Le commandant pivota rapidement sur place pour s'orienter. Ils étaient au même endroit que lors de sa première sortie.

— Vous avez vu ? demanda-t-il aussitôt à Yotur.

— Le changement de couleur ?

— Oui. Elle est devenue violette, n'est-ce pas ?

— C'est ça, commandant, cela veut sûrement dire que...

Kim resta silencieux. Il savait parfaitement ce que cela voulait dire. Veilleuse était intervenue au dernier moment. Apparemment, tout cela n'avait pas de sens. La troisième entité avait besoin de jeter de l'huile sur le feu et, apparemment, elle n'en avait rien fait. Kim renonça à comprendre. Son sixième sens l'avertit et il réagit instinctivement.

— Dépêchons-nous, courons ! cria-t-il en attrapant le bras de Yotur.

Le lieutenant n'était pas un homme à poser des questions quand il recevait un ordre. Il prit ses jambes à son cou, dans la direction indiquée par Kim.

— L'enfer va se déchaîner ici d'une seconde à l'autre, cria le commandant tout en courant.

Simultanément, Kim poussa le volume de son émetteur

à fond. Il fallait que le triscaphe vienne les chercher...

Soudain, il se sentit beaucoup plus léger, comme si la gravité venait de changer. Il s'éleva en l'air en battant des bras pour ne pas perdre l'équilibre. Trop tard. Déséquilibré, il roula sur le sol.

Lorsqu'il se releva, Kim ne voyait plus rien. Le choc n'ayant pas été suffisant pour provoquer une commotion, c'est qu'ils étaient soudain plongés dans l'obscurité. Les étoiles, les reflets des cristaux, tout avait disparu. Le seul point de repère qui restait à Kim était la pression du sol sous ses pieds.

Tout à coup, l'attaque recommença. Une force s'empara de lui et le propulsa en l'air. Il n'y avait plus de gravité. Il ne savait plus où étaient le haut et le bas... Il tournoyait, cherchant à retrouver le contact du sol avec ses jambes. Son spatiandre fut projeté contre quelque chose de dur. Son épaule encaissa le choc, une douleur fulgurante lui traversa le coude. La force le maintenait écrasé sur le sol.

Veilleuse avait averti Curieuse, qui cherchait à récupérer ses prisonniers. Les quelques mètres qu'ils avaient parcourus suffisaient à les placer à la limite extrême de ses pouvoirs. Kim se dit que tout n'était pas perdu. Ils disposaient de quelques instants seulement, mais ils avaient une chance d'échapper au pouvoir de l'entité. S'ils lui laissaient le temps d'opérer, elle finirait par les récupérer...

Kim se redressa péniblement et fit deux pas. L'emprise télékinétique s'intensifia. Il s'arrêta. Il n'avait plus aucun point de repère. Il fallait qu'il s'éloigne du domaine de Curieuse, pas le contraire...

Indécis, chancelant, il hésitait quand une sorte de

rumeur sembla monter de ses écouteurs :

— Rester calme..., pas bouger..., attendre...

Le commandant reconnut la voix de Yotur. Il s'accroupit pour mieux résister à une nouvelle attaque. La voix du lieutenant s'était tue et Kim se demandait pourquoi il lui avait conseillé de ne plus bouger. Au bout d'un moment, il comprit. C'était d'une simplicité évidente. Encore fallait-il y penser...

Les organes des sens de Curieuse n'étaient pas très développés. Elle était sûrement capable d'explorer la surface du Moby, mais elle devait avoir du mal à distinguer la masse corporelle des Terriens des blocs de roche qui parsemaient la plaine. Il n'y avait qu'une seule différence entre eux : le mouvement. Dès qu'il bougeait, Kim attirait immanquablement l'attention de l'entité.

Le commandant sentit la force reculer peu à peu. L'obscurité qui l'entourait céda peu à peu. La lueur des étoiles perça progressivement le mur d'ombre qui l'enserrait. L'un après l'autre, les points lumineux reparurent. Le sol retrouva toute sa stabilité. Kim fit un effort pour se contraindre à l'immobilité absolue.

— Lieutenant ? appela-t-il.

— Ici, commandant, je suis derrière vous, répondit Yotur. Je crois que vous avez bien fait de suivre mon conseil.

— Merci, dit simplement Kim. On dirait que vous avez toujours la bonne idée au bon moment... Qu'allons-nous faire maintenant ?

— Eh bien, je me suis dit que si nous nous approchions chacun lentement d'un rocher et que nous réussissons à le lancer...

— Bravo, excellent ! s'exclama Kim. Cela devrait marcher.

Curieuse les avait perdus, mais elle épiait sûrement toute la zone, ses sens en alerte. Au moindre mouvement, elle attaquerait.

Heureusement, Kim et le lieutenant avaient les nerfs solides. En rampant, déplaçant leur corps millimètre par millimètre, ils s'approchèrent chacun d'un bloc de pierre. Celui de Kim devait peser dans les trente kilos. Quand il fut contre lui, il passa ses bras autour et commença à se relever. C'était comme si on passait la scène au ralenti, image par image. Il leur fallut dix minutes pour se redresser complètement. Le poids de la pierre était insupportable. Leurs bras leur donnaient l'impression d'être arrachés.

— Prêt, Yotur ? annonça le premier Kim.

— Quand vous voulez, commandant, confirma le lieutenant.

— Je compte jusqu'à trois. Un..., deux..., trois !

Poussés par le désespoir, leurs muscles tétanisés par l'effort, les deux hommes lancèrent leur bloc de pierre le plus loin possible, dans la même direction. Du coin de l'œil, Kim enregistra la chute de celui de Yotur.

La poussière soulevée par la chute des deux rochers retomba étonnamment vite, comme si la gravité s'était soudain accrue. Le terrain était légèrement en pente, si bien que les deux blocs de pierre poursuivirent leur course en roulant.

Kim vit son bloc stopper brutalement et décoller rapidement du sol à la verticale, laissant derrière lui une traînée lumineuse. Arrivé à une dizaine de mètres de hauteur, le rocher commença à redescendre. Sa course se ralentit et il commença à se fondre dans le noir du ciel. Il disparut complètement juste avant de toucher le sol.

— Bravo ! s'exclama Kim. Ils ont disparu tous les deux.

Il se retourna et vit que Yotur n'avait pas besoin d'encouragement pour se lancer dans une course éperdue. Curieuse était tombée dans le panneau. Les deux blocs de pierre venaient sûrement d'arriver dans le cylindre-cône. Ils avaient quelques secondes de répit, le temps que l'entité revienne de sa surprise.

Kim courut de toutes ses forces, jusqu'à ce que le souffle lui manque. Yotur était arrivé quelques secondes avant lui et s'était assis sur un rocher. Un voile rouge s'était abattu sur les yeux de Kim. Pendant qu'il cherchait tant bien que mal à récupérer, il s'aperçut qu'ils avaient parcouru environ trois cents mètres. Le commandant espérait que cela suffirait. À côté de lui, Yotur ne paraissait pas avoir les mêmes difficultés. Il respirait calmement, comme s'il était tranquillement assis là depuis une heure.

— Vous avez une forme olympique, Yotur, dit Kim en se levant.

— Merci, commandant, répondit le lieutenant en souriant.

Kim appela le triscaphe. La réponse arriva au bout de trente secondes. Le tout-terrain était déjà en route et les avait déjà repérés. Il les rejoindrait dans quelques minutes.

Apparemment, ils étaient tirés d'affaire.

Kim se demandait ce qui se passait dans le cylindre. Veilleuse était-elle passée à l'attaque ?

Pendant qu'il s'interrogeait, Kim aperçut un reflet bleu sur le bras de son spatiandre. La lumière provenait de derrière eux. Il se retourna brusquement.

Le spectacle était incroyable. On aurait dit qu'un volcan venait d'entrer en éruption dans les montagnes. Un énorme geyser de feu bleuté s'élevait très haut dans le ciel, retombant de part et d'autre comme une fontaine. Le spectacle était d'une beauté irréelle. Kim s'aperçut que le sol commençait à trembler sous ses pieds. Les secousses s'intensifiaient de seconde en seconde.

— Attention ! cria Kim.

Tel un énorme coup de boutoir venu des profondeurs du Moby, une onde de choc atteignit la surface. Des rochers roulèrent. Le choc fit perdre l'équilibre aux deux hommes.

Le commandant avait sa réponse. Le conflit était déclaré. Les trois sœurs s'écharpaient. Veilleuse avait dû profiter de ce que l'attention de Curieuse était captée par les Terriens pour attaquer. L'éruption d'énergie montrait que le choses ne se passaient pas très bien. Soit l'entité affrontait une résistance inattendue, soit l'attaque avait rompu le fragile équilibre énergétique des trois sœurs.

À la troisième onde de choc, le sol de la plaine s'ouvrit à quelques mètres d'eux. À la vitesse d'un cheval au galop, une profonde faille courait vers les montagnes, soulevant un rideau de poussière.

Derrière eux, l'éruption d'énergie était encore plus forte. Le geyser bleu s'élevait de plus en plus. Éclairées par cette lueur étrange, les montagnes paraissaient vaciller. Kim se demanda s'il rêvait. Mais non, les sommets se brisaient, des pans entiers de montagne s'écroulaient. Le massif tout entier était secoué par une gigantesque main invisible. La poussière s'élevait lentement de plus en plus haut, masquant les étoiles d'Andromède qui s'étendaient au firmament.

Autour d'eux, la situation empirait aussi. Le sol tremblait sans interruption, délogeant de gros rochers de leur assise. Kim commença à s'inquiéter.

— Sachem un à triscaphe ! Si vous ne vous dépêchez pas un peu, ce ne sera plus la peine de venir !

La réponse lui parvint presque aussitôt, mais très déformée :

— ...Inquiétez pas. Difficultés pour... mais arrivons !

Les deux hommes dansaient comme des marionnettes. Le pouce tourné vers le ciel, Kim fit signe à Yotur d'enclencher son antigrav. D'un coup de talon, ils se propulsèrent à quelques mètres de hauteur.

Kim cherchait à comprendre ce qui se passait. Les entités devaient avoir perdu le contrôle de leurs réserves d'énergie. Les forces qu'elles avaient involontairement libérées leur échappaient complètement. Peut-être même ignoraient-elles leur existence. Le Moby avait-il secrètement accumulé de l'énergie dans des caches soigneusement dissimulées ? Le cylindre-cône avait-il amplifié l'interférence des trois entités et déclenché une réaction irréversible ? Personne ne le saurait sans doute jamais.

Kim éprouvait comme un regret. Les énergies colossales qui se libéraient paraissaient largement suffisantes pour réduire l'immense corps du Moby à néant et faire disparaître les entités. Les trois sœurs étaient pourtant un phénomène unique. Bien que composées de matière inerte, elles étaient vivantes et, à des degrés divers, intelligentes. Les biophysiciens de l'Empire auraient sûrement pu apprendre beaucoup de choses en les étudiant plus à fond.

Un éclair plus intense que les autres éblouit Kim. Il ferma les yeux puis aperçut la muraille de feu qui se dirigeait à toute allure vers eux. Le geyser était toujours aussi impressionnant, mais une partie de l'énergie libérée profitait de la faille pour se ruer vers la plaine.

Kim fit signe à Yotur de couper son antigrav. Ils retombèrent rapidement vers le sol. Il fallait qu'ils s'éloignent le plus vite possible de la faille. L'énergie s'étendait rapidement de part et d'autre, engloutissant le sol. Elle devait dégager une chaleur importante. Les rochers explosaient et leurs débris fusaient de toutes parts. Un gros éclat de pierre frappa Kim dans le dos avec une telle force qu'il fut projeté à terre.

À plat ventre, le commandant attendait le sifflement de la dépressurisation. Le plastométal du spatiandre était d'une résistance étonnante, mais Kim avait cru sentir une piqûre au moment de l'impact, ce qui signifiait qu'il n'avait plus que quelques secondes à vivre...

Il retint sa respiration, mais rien n'arriva. Le spatiandre avait tenu. Yotur poussa un cri. À peine remis de sa panique, Kim crut qu'il était arrivé quelque chose au lieutenant. Il leva la tête et distingua dans le nuage de poussière les contours du triscaphe. Il chercha à se relever, mais ses jambes refusaient de le porter. Yotur vint rapidement à son aide.

Le triscaphe tanguait dangereusement, mais le sas ouvert n'était qu'à quelques mètres d'eux. Kim, poussé par Yotur, réussit à grimper à bord de l'engin. Ce n'est que quelques minutes plus tard, quand le triscaphe se fut élevé au-dessous de la poussière et qu'il découvrit de multiples geysers à l'horizon, que Kim se dit qu'ils étaient vraiment sauvés.

*
**

Le *Bagalo* attendait impatiemment l'arrivée du triscaphe. L'engin dut faire un atterrissage forcé. Le second ordonna aussitôt l'appareillage. En l'absence de nouveaux ordres, le croiseur était resté à l'orée de la gueule du Moby. Là aussi, la situation commençait à devenir très dangereuse.

Peu après les premières secousses, un déluge de pierres et de blocs de toutes tailles s'était abattu sur les écrans du *Bagalo*, qui flambaient comme si le croiseur était soumis à un tir d'artillerie lourde.

Kim rejoignit le central le plus vite possible et ordonna que tous les détecteurs soient dirigés vers le Moby pour enregistrer la dernière phase de son agonie. Toute sa surface était maintenant recouverte par le flot d'énergie bleue. À vingt mille kilomètres de distance, son éclat était aussi insoutenable que celui d'un soleil. Il était devenu impossible de reconnaître la forme allongée et ovoïde du monstre de l'espace. Il se transformait en une boule d'énergie pure. De violentes éruptions projetaient des protubérances longues de plusieurs centaines de kilomètres dans l'espace.

Le dernier acte se joua alors que le *Bagalo* se trouvait à cent mille kilomètres du Moby. La boule d'énergie semblait s'affaisser sur elle-même tandis qu'elle brillait de plus en plus fort. Un véritable déchaînement de protubérances se ruait à l'assaut de l'espace. Tout à coup, tous ceux qui observaient la scène dans le central du croiseur retinrent leur souffle. Les protubérances venaient toutes de disparaître a même instant. La boule d'énergie se contracta à une allure folle. En une fraction de seconde, elle ne mesura plus que quelques dizaines de kilomètres de diamètre. L'explosion survint presque aussitôt. Le flash lumineux noya tous les instruments d'observation du *Bagalo*.

Bien plus tard, l'éclair serait visible depuis une bonne partie de la Nébuleuse.

Tout était fini. Il ne restait plus du Moby qu'un vague rougeoiement de gaz incandescents. Les écrans du croiseur flambèrent encore deux ou trois fois. Dans le central du *Bagalo*, les hommes s'arrachaient péniblement à ce spectacle apocalyptique.

Les trois sœurs stellaires n'étaient plus. Leur premier combat avait aussi été le dernier.

— Alors, qu'est-ce qu'on fait, maintenant ? dit une voix rauque derrière Kim.

Le commandant se retourna et sourit à l'ingénieur en chef. Un peu plus loin, Yotur Dyke attendait paisiblement, toujours aussi imperturbable.

— C'est très simple, dit Kim, il ne nous reste plus qu'à suivre les indications que Veilleuse nous a livrées.

— Tu ne vas pas me dire que tu crois à ce qu'elle a raconté ? s'indigna Hess.

— Elle n'avait aucune raison de nous mentir à ce sujet, repartit le commandant.

— Comme tu voudras, c'est ton navire, après tout ! grommela Hess.

Kim transmit ses instructions à la navigation et le croiseur accéléra en direction des trois géantes bleues de Bêta-Triangle. Kim se sentait épuisé, mais le croiseur mettrait à peine deux heures pour franchir les quatre cents années-lumière qui les séparaient du mystérieux « foyer d'agitation » dont leur avait parlé la troisième entité. C'était trop court pour qu'il puisse récupérer.

Le regard de Kim s'arrêta sur l'heure qui s'affichait dans un coin de son écran de contrôle principal. Étonné, il vérifia sur sa montre. C'était bien ça ! Depuis le moment où il était revenu avec l'androïde dans le cylindre-cône, il s'était à peine écoulé deux heures. Dans l'intervalle, il avait assisté à la disparition complète d'un corps aussi gros qu'une planète.

Pour le commandant du *Bagalo*, l'aventure, qui aurait pourtant pu très mal tourner, se terminait sans trop de dégâts. Ils avaient perdu en tout et pour tout un triscaphe, inutilisable depuis son atterrissage brutal dans la soute, et un androïde...

CHAPITRE VI

— Si l'on m'avait dit qu'un jour tu ferais preuve d'une faiblesse indigne d'un chef, je ne l'aurais pas cru. Mais, apparemment...

La voix de l'Arkonide tremblait de colère. Perry Rhodan et Atlan étaient seuls dans la cabine du Stellarque.

— Tu connais ma position, répéta Rhodan sans se retourner.

Son regard fixé sur l'écran mural, illuminé par le jeu des protubérances solaires, n'avaient pas cillé en entendant les reproches du Lordamiral.

— Tu ne me feras pas changer d'avis, alors ne perds pas ton temps ! insista le Stellarque.

L'Arkonide, désespéré, leva les bras au ciel.

— Tu sais peut-être que cette opération a déjà coûté des milliards de solars à l'Empire, lança-t-il ironiquement. Tu fiches tout par terre et cela t'est complètement égal ! Franchement, ton attitude est totalement irresponsable. Comment peux-tu mettre en balance notre sécurité et la vie de quelques Deux-Nez ? Sais-tu ce qui va se passer si nous échouons ici, dans la micronébuleuse ? Non, eh bien je vais te le dire ! Nos petits amis d'Andromède ne vont pas renoncer à la Voie lactée, figure-toi ! Les Maahks doivent déjà être en train de remonter une flotte pour envahir la Galaxie. Les Maîtres Insulaires réfléchissent au meilleur moyen de nous éliminer une fois pour toutes. Tu le sais... ?

Le Stellarque se tourna avec une sourire fatigué vers son ami.

— Je suis très touché de voir que l'utilisation des fonds de l'Empire te tient tant à cœur, lança-t-il, ironique à son tour. Là où tu as tort, c'est quand tu supposes que je perds de vue la situation où nous sommes et le danger que représentent les Andromédans. Il n'y a pas de stratégie valable à coup sûr. Il faut s'adapter aux circonstances. Dans le cas présent, je maintiens que, pour des raisons morales, il m'est impossible de donner l'ordre de détruire le Moby-Tolot. Que cela te plaise ou non, c'est comme ça. N'oublie pas que si les empires se bâtissent souvent à la force des armes, c'est l'esprit qui les guide qui assure leur pérennité...

Atlan se détourna d'un geste brusque.

— Tu fais du tourisme, alors ? lança-t-il sans répondre directement à la question de Rhodan.

La sonnerie de l'intercom évita à Rhodan de répondre.

— Oui, colonel Rudo ?

— Commandant, la détection vient de repérer quelque chose qui vient de sortir de l'entrespace, un navire, très probablement. Il a émergé très près de nous et s'est mis en position d'attente près d'un soleil, comme nous.

— Quel soleil, à quelle distance ? s'enquit le Stellarque.

— Un F-4, à 1,3 année-lumière de nous, commandant.

— Avons-nous une idée de la provenance du navire ?

— Nous avons des indications, commandant, mais...

— Eh bien ? le pressa Rhodan.

— ... Son schéma énergétique est très particulier, commandant. Soit un peuple inconnu construit des navires qui ressemblent comme deux gouttes d'eau à ceux de l'Empire, soit... il s'agit de l'un des nôtres, commandant.

Perry Rhodan hésita quelques secondes, puis il remercia Cart Rudo et coupa la communication. Quand il se retourna vers Atlan, le Stellarque affichait un grand sourire.

— Tu connais le proverbe, n'est pas ? Rira bien qui rira le dernier...

*
**

Hess Palter en fut le premier surpris, mais les renseignements fournis par l'entité étaient exacts. Ses détecteurs réagirent à vingt années-lumière de distance. Il y avait une forte source d'émission au niveau d'un soleil jaune de type G, exactement à l'endroit mentionné par l'entité.

Kim Dosenthal avait découvert les résultats avec curiosité. Il modifia légèrement le cap de son croiseur pour piquer droit sur le soleil d'où provenaient les impulsions. Plus ils s'approchaient, plus les analyses des détecteurs étaient détaillées. Au bout d'un moment, le cerveau impotonique confirma qu'il s'agissait bien d'impulsions caractéristiques d'une série explosions nucléaires.

À deux heures-lumière du soleil, les détecteurs indiquèrent qu'il n'avait qu'un seul satellite. Sur les écrans, sa silhouette était parfaitement reconnaissable : un Moby ! Kim n'en revenait pas. Le plus étonnant était que c'était de lui et non du soleil que provenaient les impulsions. Le monstre était-il encore vivant ? Kim ne ralentit pas l'allure du croiseur. Il allait passer au large du soleil, suffisamment près pour en apprendre un peu plus long au sujet du Moby, mais assez loin pour éviter de tomber dans un piège. Au moment où le croiseur s'approcha au plus près du Moby, Hess Palter crut apercevoir quantité de reflets métalliques d'objets arrondis à sa surface, mais il n'eut pas le temps de s'en assurer.

Kim conduisit le *Bagalo* jusqu'à une petite étoile rouge toute proche. Le Moby n'était qu'à trois années-lumière. Le croiseur ne réintégra le continuum qu'à vingt unités astronomiques de la naine rouge. Il fonça vers la couronne solaire et ne s'arrêta à quelques centaines de milliers de kilomètres des couches extérieures de sa chromosphère.

Comme Perry Rhodan, Kim avait décidé d'observer les événements à l'abri d'un soleil. Comme lui, il envoya deux sondes d'exploration pour amplifier et relayer les impulsions provenant du Moby. Hess Palter et ses deux assistants avaient fort à faire pour trier les données et les transmettre au cerveau IP.

Au bout d'une demi-heure, Kim avait reçu assez de données pour comprendre ce qui se passait dans le

Moby. Deux camps étaient en train de s'y affronter avec des armes terribles. Apparemment, aucun des deux belligérants n'avait envisagé la possibilité d'une destruction totale du Moby. Aveuglés par leur guerre, ils couraient à leur perte.

Quelques minutes plus tard, les détecteurs enregistrèrent des impulsions qui ne provenaient pas des armes mais de la matière même du Moby. C'étaient des hyperfréquences provoquées par un bombardement gamma extrêmement intense. Quelque part sur le Moby, des réactions atomiques ultimes étaient en train de le désagréger. En d'autres termes, les combats avaient déclenché un incendie nucléaire !

La nouvelle plongea Kim dans un cruel dilemme. Il n'avait pas, a priori, de raison de supposer que le *Krest II* se trouvait justement sur le Moby, mais il ne pouvait pas l'exclure non plus complètement... D'un côté, le monstre de l'espace se trouvait bien loin du point de rendez-vous où le vaisseau amiral devait retrouver le *Bagalo* et les six transporteurs mais, de l'autre, il n'était qu'à quelques degrés de la route que le *Krest II* avait dû suivre pour relier en ligne droite l'endroit où il avait laissé le *Prométhée III* et Troya.

Un autre facteur incitait Kim à penser que le *Krest II* était peut-être dans les parages. Comme le lui avait dit Veilleuse, un vaisseau comme le *Krest II* ne passe pas inaperçu et sa présence pouvait facilement expliquer le déclenchement d'un conflit avec l'un des peuples chargés par les Maîtres Insulaires de garder la micronébuleuse.

Kim décida de quitter son abri pour envoyer un message codé ultrabref par hypercom. Ce faisant, il était certain d'être repéré, mais il pouvait disparaître dans l'espace linéaire à la première alerte. Il courait un risque mais, si le *Krest II* se trouvait bien là, en difficulté peut-être, le jeu en valait la chandelle.

Le commandant entra le message sur sa console, le fit coder et comprimer. Il s'apprêtait à l'envoyer quand quelque chose le retint in extremis.

Une curieuse déformation commença à distordre l'image au centre de son écran, là où se trouvait le soleil jaune. On aurait dit qu'un nuage de particules miroitantes s'enflait autour de lui. Immobile, Kim était saisi par la surprise. Il n'avait jamais rien observé de tel.

Le phénomène devint encore plus extraordinaire quand le brouillard de particules sembla quitter l'écran et se diriger droit sur lui. Kim se recula brusquement et sauta de son fauteuil. Le brouillard se dirigea vers le sol et s'éleva en une colonne de deux mètres de haut qui prit rapidement consistance.

Le commandant retrouva son calme. Ce qui se passait lui rappelait quelque chose qu'il connaissait, mais quoi ? La solution du mystère était pourtant simple...

— Bonjour, commandant, dit le Chrystallien. Major Woolver de l'O.M.U., détaché auprès du Stellarque.

Kim, qui n'avait pas encore retrouvé sa voix, se contenta de sourire.

— Je... je m'en étais douté, figurez-vous, major. Vous admettrez que, pour quelqu'un qui n'est pas habitué à vos pouvoirs, votre manière d'arriver chez les gens est pour le moins... surprenante !

L'arrivée du Coureur d'ondes n'était pas non plus

passée inaperçue dans le central. Les officiers se tournèrent l'un après l'autre vers le Terranien. Sa peau d'un bronze vert clair et sa brosse aux reflets violets étaient tout aussi impressionnants que sa cage thoracique, nettement plus volumineuse que celle d'un Terrien.

Ils avaient tous déjà entendu parler des exploits des jumeaux Woolver, surtout lors des dernières batailles : celle des Pyramides de Kahalo, celle des Jumeaux, justement...

Les murmures du central laissaient Kim indifférent. Quelque chose le tracassait. L'arrivée du mutant ne pouvait signifiait qu'une chose : le *Krest II* devait se trouver à proximité !

*
**

Rakar Woolver avait fait un rapport concis. La situation n'était pas aussi noire que Kim l'avait imaginé un peu plus tôt. Son soulagement fut pourtant de courte durée. Les choses n'étaient pas dramatiques, mais elles pouvaient encore le devenir. Il suffisait que l'un de ceux qui se trouvaient actuellement sur le Moby s'échappe et parle des Terriens pour que l'opération Androbêta se transforme en catastrophe.

Avant de repartir comme il était venu, le Chrystallien avait transmis à Kim des instructions précises de la part de Perry Rhodan. Le *Bagalo* se mit donc en route et parcourut en vol linéaire la courte distance — 1,3 année-lumière — qui le séparait du *Krest II*. Sa couronne de propulseurs crachant des flux d'énergie, il se plaça sur la même orbite que le vaisseau amiral, quelques centaines de kilomètres derrière la puissante sphère de terkonite.

Sur un secteur agrandi de l'écran de sa cabine, Perry Rhodan et Atlan suivaient l'arrivée du *Bagalo*. Le Stellarque observait avec curiosité la coque du *Bagalo*, qui paraissait n'être qu'à une quelques centaine de mètres. C'était la première fois qu'il voyait un croiseur classique doté de blocs-propulsion supplémentaires. Les deux important renflements équatoriaux de la coque lui donnaient une silhouette bizarre, un peu pataude.

Atlan se tourna brusquement vers le Stellarque.

— Cela me donne une idée, dit-il tout de go.

Perry Rhodan hocha la tête en souriant.

— Bien sûr. Je sais déjà laquelle.

— Tes facultés télépathiques latentes se sont développées sans que tu m'en parles ? répondit Atlan, mordant.

— Non, mais j'ai un don pour sentir venir les mauvaises idées, repartit le Stellarque du tac au tac.

— *Quelle* mauvaise idée ? s'exclama l'Arkonide, piqué au vif.

— Tu veux que j'envoie le *Bagalo* vers le Moby-Tolot, n'est-ce pas ? Les Deux-Nez doivent être en train de se demander ce qui a provoqué ce désastre dans leur colonie. Tu veux envoyer un coupable tout désigné : le *Bagalo*. Tu te dis qu'il est trop différent des vaisseaux solaires pour attirer l'attention sur nous...

— C'est exactement ça, admit Atlan à contrecœur. Et cette idée te paraît *mauvaise* ?

— Oui. Suis-moi bien. Là-bas, sur le Moby, il y a environ trois mille navires dont nous estimons qu'ils appartiennent aux Deux-Nez et qu'ils sont probablement pilotés par des Nez-Bleus. Nous les connaissons suffisamment pour savoir qu'ils ouvriront le feu dès qu'ils apercevront le *Bagalo*. Pour que ton plan soit utile, il faudrait que nous soyons certains qu'ils identifieront précisément la forme du croiseur. J'estime que, dans les conditions actuelles, cette probabilité est des plus réduites, trop pour sacrifier un croiseur, conclut Perry Rhodan.

Atlan soutint son regard en silence.

— Je pensais également à autre chose, dit-il finalement au bout d'un moment. À quelques milliers d'années-lumière de là, la micronébuleuse Andro-Alpha est occupée en totalité par les Maahks. Comme les Deux-Nez, ils ont été mis en place par les Maîtres Insulaires sur les marches d'Andromède. Il n'est pas absurde d'imaginer que les deux peuples se sont déjà rencontrés. Les Deux-Nez doivent donc être capables de comprendre ou d'identifier le kraahmak. Si le *Bagalo* s'approche du Moby en émettant en kraahmak, je doute que les Deux-Nez ouvrent le feu.

— Je n'en sais rien, et personne ne le sait, objecta le Stellarque en haussant les épaules. Qui serait assez fou pour sacrifier un croiseur dans ces conditions ?

La réponse d'Atlan claqua comme un coup de fouet :

— Je ne sais pas qui, en effet. Ce dont je suis sûr, par contre, c'est que certaines personnes ont pris la curieuse manie d'éviter soigneusement de courir le moindre risque...

Perry Rhodan blêmit sous l'insulte voilée et serra les dents.

— Et toi, tu retrouves ta manie de persifler au lieu de réagir positivement.

En soupirant, le Stellarque s'éloigna et poussa le

bouton de l'intercom de son bureau.

— Commandant, dit-il à Cart Rudo, veuillez prévenir le lieutenant-colonel Dosenthal qu'il m'attende dans vingt minutes à son bord.

Après un instant de silence, Rhodan fit un effort pour se retourner vers l'Arkonide.

— J'ai besoin de quelqu'un qui fasse bonne impression à mon côté. Tu es de la partie ?

Le Lordamiral était plus abattu que Perry Rhodan ne le pensait.

— De toute façon, l'opération Androbêta est vouée à l'échec. Que j'entende ou pas ce que Dosenthal a à dire n'y changera rien...

*
**

L'affaire du Moby-Tolot était vraiment mal engagée. Aucun de ceux qui connaissaient la réalité de la situation ne se faisaient d'illusion. L'opération Androbêta se terminait en queue-de-poisson. Puisque l'on pourrait rapatrier tous les équipages et le personnel de Troya grâce aux six transporteurs, on limiterait les dégâts. Piètre consolation...

Le destin allait se charger de montrer qu'en fait rien n'est jamais joué d'avance.

Perry Rhodan et Atlan rejoignirent le *Bagalo* à bord d'un glisseur spatial. Kim Dosenthal, accompagné par son ingénieur en chef, les reçut dans le petit sas du pont principal. Ce sas était le plus proche du central, mais il fallait tout de même emprunter un petit puits antigrav pour y parvenir.

Au moment où Perry Rhodan pénétra dans le puits, l'incroyable se produisit. L'installation tomba en panne ! Le Stellarque s'enfonça avec un cri. Le bruit de sa chute s'accompagna d'un froissement d'os brisés.

Le groupe qui accompagnait Perry Rhodan ne comprit pas tout de suite ce qui se passait. Ce genre d'incident était si rare qu'Atlan ne réalisa qu'en entendant le corps de son ami s'écrasa au fond du puits. L'éclairage du puits était revenu. Atlan se précipita vers le bas, sans souci de sa propre sécurité.

Perry Rhodan gisait, inconscient, ses jambes brisées formant un angle anormal. Une tache de sang s'élargissait rapidement sous le corps inanimé. En haut du puits, Kim se rua sur le premier intercom et appela les médirobots. Il fit fermer l'accès du puits et descendit par un escalier de secours.

Les médecins étaient déjà sur place. Atlan, qui avait dû se reculer, était d'une pâleur effroyable.

Au bout de quelques minutes, le corps du Stellarque fut lentement chargé sur un brancard antigrav. De multiples sondes contrôlaient ses fonctions vitales.

Kim s'approcha du médecin-chef :

— Alors, quelles nouvelles ? Où en est-il ?

— Il est encore trop tôt pour le dire. Heureusement, le puits ne mesure que sept à huit mètres de profondeur. Dès que nous saurons précisément de quoi il s'agit, nous devrons probablement l'opérer d'urgence.

Kim et Atlan, effondrés, remontèrent au central. La nouvelle de l'accident avait déjà fait le tour du croiseur. Kim fit une annonce générale pour calmer les esprits, puis il se tourna vers le Lordamiral.

— Amiral, je suis à vos ordres, dit-il en saluant.

Atlan le mesura du regard. Le retour à la réalité lui

paraissait difficile. Étrange, cet accident, juste maintenant, semblaient dire ses yeux.

— Compte tenu des circonstances, c'est exact, colonel. Nous allons commencer par avertir le *Krest II*.

Joignant le geste à la parole, l'Arkonide grimpa les trois marches du pupitre de commandement et appela Cart Rudo. Ses paroles ne laissaient aucun doute quant à sa détermination : le Lordamiral prenait les opérations en main.

L'accident de Perry Rhodan semblait avoir éveillé de nouvelles forces chez l'ancien Empereur. Kim ne savait rien du conflit qui l'avait opposé au Stellarque au cours des heures précédentes. Il rejoignit l'Arkonide quand celui-ci l'appela.

— Un appel pour vous, colonel.

C'était l'hôpital.

— Les fractures des jambes ne sont pas inquiétantes, commandant, mais il y a aussi une fracture de la base du crâne... Tout devrait bien se passer sur le plan médical, mais le Stellarque va rester inconscient pendant au moins trente heures.

Kim remercia le médecin-chef et regarda Atlan, mal à l'aise. Le Lordamiral paraissait savoir exactement ce qu'il avait à faire.

*
**

Ce jour-là, ceux qui reprochèrent à Atlan son indifférence au sort de Perry Rhodan et sa hâte à le remplacer n'oublièrent qu'une chose. Le Lordamiral était le seul Arkonide encore vivant qui ait connu l'âge d'or du Grand Empire. Pour lui, une chute de huit mètres n'était pas inquiétante. La médecine solaire, qui avait hérité de tous les secrets arkonides, sauverait Perry Rhodan.

Le seul reproche que l'on puisse faire à Atlan est d'avoir aussitôt engagé le plan que Perry Rhodan avait refusé moins d'une heure plus tôt. Mais, même là, sachant que Perry Rhodan survivrait, Atlan acceptait le risque de se faire désavouer plus tard. Sincèrement convaincu que son plan réussirait, il se mit aussitôt au travail sans hésiter.

Le commandant du *Krest II*, qui ne comprenait pas les hésitations du Stellarque, emboîta le pas à Atlan sans poser de questions. Ensuite, Atlan mit les officiers du *Bagalo* au courant. Le croiseur allait jouer le premier rôle dans l'opération. Kim Dosenthal écouta attentivement le plan de l'Arkonide et, même s'il se garda bien d'exprimer ses réactions à haute voix, il le trouva intéressant. De toute façon, la disparition du Moby-Tolot n'était plus qu'une question d'heures et ce qu'ils allaient faire ne pouvait pas empirer la situation.

*
**

Quand le *Bagalo* émergea dans le continuum, à proximité du Moby, son hypercom se lança aussitôt dans une activité fiévreuse. Les messages en kraahmak, codés très simplement, se succédaient en rafales. Par l'intermédiaire de ses sondes, le *Krest II*, toujours à l'abri du soleil jaune, répondait au même rythme et dans la même langue.

Atlan était certain que les trois mille navires deuxnez captaient les messages, qu'ils allaient les déchiffrer et identifier la langue de leurs puissants voisins.

Pour l'Arkonide, l'essentiel n'était pas que le *Bagalo*, avec son étrange coque, arrive à portée des instruments optiques des Deux-Nez et qu'ils en enregistrent l'image pour la rapporter sur leur monde principal. Non. Ce que voulait le Lordamiral, c'était que le *Bagalo* s'approche assez prêt du Moby pour accomplir son œuvre de mort...

Arrivé à vingt millions de kilomètres, le croiseur n'avait toujours pas été attaqué. Par contre, ses propres instruments firent une découverte intéressante. Contrairement à ce que les Terriens avaient cru jusqu'à présent, aucun des trois mille navires des Deux-Nez ne s'était posé sur le Moby. Les habitants du Moby n'étaient apparemment pas d'accord. La véritable bataille avait lieu entre la flotte spatiale et les forts de défense disséminés à la surface du monstre.

L'image du Moby se précisa sur les écrans du *Bagalo*. La surface, trouée de cratères impressionnants, n'offrait plus guère de résistance. Plusieurs failles extrêmement profondes plongeaient dans les profondeurs du Moby-Tolot.

La nouvelle réjouit Atlan. Si aucun des navires en goutte d'eau n'avait atterri, c'est que les colons du Moby avaient refusé d'entrer en contact avec eux et n'avaient donc pu révéler la présence des Terriens.

Quand le *Bagalo* fut à quinze millions de kilomètres, les forts de surface cessèrent toute résistance. À l'intérieur du Moby, l'incendie nucléaire faisait rage. Cinquante unités de la flotte atterrirent aussitôt sur le Moby. Pour Atlan, c'était le moment d'agir. Le lourd canon transformateur du croiseur se pointa sur l'immense corps de la créature de l'espace. Les deux projectiles massifs, transformés en impulsions quintidimensionnelles, se rematérialisèrent à l'intérieur du Moby.

L'immense corps se transforma presque aussitôt en une énorme boule de feu. Quelques secondes plus tard, la désintégration était achevée. Il ne restait rien du Moby. La plupart des navires ovoïdes, trop près du Moby, avaient été pris dans la tourmente. Quelques-uns avaient réussi à s'enfuir. Ils ne présentaient pas de danger.

Atlan fit transmettre au *Krest II* le message convenu en kraahmak. L'affaire était close.

*
**

Kim Dosenthal était plongé dans un sommeil si profond qu'il mit plusieurs minutes pour réagir au bruit. Encore à moitié endormi, il appuya sur le contact de son intercom.

— Entrez, Dyke, dit Kim en se frottant les yeux.

Le lieutenant, impeccablement sanglé dans son uniforme, s'approcha de la couchette et salua.

— Excusez-moi, commandant, mais nous allons sortir de l'espace linéaire dans une demi-heure. L'Amiral souhaite vous voir.

— Merci, Yotur, dit Kim en bâillant.

Le lieutenant fit un demi-tour réglementaire et se dirigea vers la porte de la cabine.

— Attendez, Yotur !

— Oui, commandant ?

— Si vous voulez de l'avancement, il va falloir changer de comportement. Vous êtes trop correct et trop modeste. Pour l'instant, je suis le seul qui soit au courant de vos remarquables qualités. Et encore, par hasard !

— Oui, commandant.

— Laissez tomber les formules officielles, appelez-moi Kim. Vous savez ce que l'Arkonide me veut ?

— Oui, commandant, euh..., Kim. Il voudrait votre signature au bas du rapport sur ce qui s'est passé depuis l'accident de Perry Rhodan. J'ai l'impression qu'il redoute la réaction du Stellarque quand il se réveillera. D'après ce que j'ai compris, Perry Rhodan était opposé à l'idée de détruire le Moby...

— J'avoue que je trouve ça assez drôle, dit Kim en souriant. L'ancien maître du Grand Empire d'Arkonis tremblant à l'idée d'affronter la colère du Stellarque de Sol. Je me demande si je vais le signer, après tout, ce fichu rapport...

Les deux hommes, rapprochés par les épreuves qu'ils venaient de subir, éclatèrent de rire.

DEUXIÈME PARTIE

LA PLANÈTE GLACÉE

CHAPITRE PREMIER

La scène était plutôt drôle. Ce qui se passait n'était pas vraiment important mais traduisait bien l'atmosphère qui régnait à bord du *Krest II*, le vaisseau amiral de l'Empire solaire.

Trois hommes étaient en présence. Le premier d'entre eux, les bras croisés sur la poitrine, était négligemment appuyé contre la cloison d'une cabine. Sa position, quoique peu militaire, était confortable. Cet homme était un humanoïde, un Arkonide plus précisément : le Lord-amiral Atlan, chef suprême de l'O.M.U.

Le deuxième homme était allongé sur une couchette antigrav. Son corps était recouvert par un drap blanc et sa tête enveloppée par des bandages transparents de bioplast. C'était Perry Rhodan, maître de l'Empire solaire.

Le dernier des trois était insignifiant par son grade mais important pour les malades du Krest II. Le sergent Gus Fehker était infirmier. Le médecin-chef du vaisseau amiral, Ralph Artur, lui avait expressément donné l'ordre de traiter Perry Rhodan comme n'importe quel patient. Le problème, pour Gus, c'était justement que le Stellarque n'était pas du tout un malade comme les autres...

C'est ainsi qu'on en était arrivé à cette scène à trois, digne du meilleur théâtre comique. Atlan souriait malicieusement, Perry Rhodan grondait de colère et le pauvre Gus ne savait plus où se mettre.

Le visage du petit sergent était contracté comme s'il souffrait le martyre. Ses mains tremblaient en approchant l'assiette en plastique du Stellarque.

— C'est un vrai bouillon de légumes de la Terre, commandant, je vous le jure. Il y a plein de vitamines et d'autres bonnes choses dedans pour vous aider à récupérer...

— Au diable votre bouillon ! répéta Perry Rhodan.

Le malheureux Gus était bien décidé à suivre les ordres du médecin-chef. Il fit une énième tentative :

— Commandant, imaginez-vous les vertes collines de la Terre et une petite rivière tranquille au milieu d'une vallée couverte de fleurs agitées par une douce brise... C'est votre bouillon ! Vous n'avez rien mangé depuis hier. Si le docteur Artur apprend que vous avez refusé le bouillon, il est capable de me mettre de corvée pendant une semaine, implora Gus d'une voix suppliante.

Le Stellarque éclata de rire. Surpris et effrayé, Gus recula d'un pas en tremblant.

— Vous autres Terriens, intervint Atlan en s'approchant, vous avez la réputation d'avoir la tête dure. Toi, pourtant, avec ta fracture de la base du crâne, tu devrais être un peu moins têtu, non ? Arrête cette comédie et mange ta soupe, Perry. Sergent, versez-la dans un canard. Nous aurons peut-être plus de chance...

L'infirmier eut un sourire crispé. Il était reconnaissant à Atlan de son aide, mais la partie n'était pas gagnée pour autant. Avec ce patient-là, Gus n'était sûr de rien...

Le regard menaçant que lui lança le Stellarque accrut son inquiétude.

— Vous avez peut-être déjà entendu parler des dragons d'Alnor, sergent ? demanda Rhodan.

— Oui, commandant, bien sûr, mentit Gus.

— Eh bien vous devez savoir à quoi ressemblent les malheureux qui tombent entre leurs griffes, poursuivit Rhodan, impitoyable.

— Je... j'imagine, commandant, souffla l'infirmier.

— Eh bien, si vous ne sortez pas immédiatement, vous savez de quoi vous allez avoir l'air..., gronda le Stellarque en se relevant à demi.

Sept secondes plus tard, la cabine ne comptait plus que deux occupants.

— Tu es content de toi ? s'indigna Atlan. Le malheureux fait son travail. Si tu ne te calmes pas, je vais demander qu'on te traite sous narcose profonde pendant quelques jours...

— Je me sens bien, le coupa Rhodan avec un regard noir. Je vais me lever.

— Rien du tout ! Même maintenant, la médecine ne fait pas de miracles. Avec un crâne en deux morceaux, on ne s'aventure pas à commander un supercroiseur ! Je te répète que je m'occupe des transporteurs. Ne te fais pas de souci : nous atteindrons Troya sans encombre.

Les regards des deux amis s'affrontèrent. Ni l'un ni l'autre ne baissa les yeux jusqu'à ce que le bourdonnement de l'intercom retentisse.

— Désolé de vous interrompre, dit la voix de Cart

Rudo, le commandant du *Krest II*. Nous avons un petit problème et...

— Je suis dans cinq minutes chez vous, colonel, lança Perry Rhodan en se relevant à nouveau.

Doucement mais fermement, Atlan l'obligea à se rallonger.

— C'est à moi que Rudo parle, rappela l'Arkonide.

Le Stellarque cessa de résister et s'allongea à contrecœur.

— Quel problème, commandant ? demanda Atlan en se tournant vers l'écran.

— L'*Anbe 5* a un problème de machines. La liaison principale avec le kalup du deuxième étage est rompue et ils n'arrivent pas à trouver la cause de la panne.

— Pas étonnant, grommela l'Amiral. Ces blocs-propulsion supplémentaires ne sont pas encore parfaitement au point. Nous allons attendre que l'*Anbe 5* soit opérationnel pour partir.

— Si vous permettez, Amiral, reprit Cart Rudo, je vous rappelle que notre situation est relativement précaire. Les rapports du central de détection montrent que l'activité spatiale est extrêmement intense dans toute la micronébuleuse. Il y a des navires de toutes tailles dans tous les coins. Nous risquons d'être détectés. À mon avis, nous devrions abandonner l'*Anbe 5* si la panne n'est pas réparée d'ici une demi-heure...

Atlan fronça les sourcils :

— Comment ? Vous voudriez abandonner un transporteur d'un kilomètre et demi de diamètre avec un demi-million de tonnes de matériel ? J'ai dû mal comprendre, colonel...

— En fait, je pensais le désintégrer avec les batteries lourdes du *Krest II*, Amiral, corrigea Rudo.

L'Arkonide inspira à fond pour garder son calme.

— Votre humour n'a rien d'amusant, Rudo ! dit-il en élevant la voix. L'*Anbe 5* ne sera pas détruit. Mettez-vous en état d'alerte.

— Nous y sommes depuis un bon bout de temps, repartit l'Epsalien. Les hommes sont en train de s'endormir à leurs postes de combat...

— Je vais faire une tournée d'inspection, menaça Atlan. Je vous conseille de veiller à ce que tout le monde soit là en cas d'attaque, sinon... Vous devriez également veiller à ce que le convoi garde une allure convenable, commandant, poursuivit l'Arkonide. Depuis que nous sommes partis, l'*Anbe 1* n'arrête pas de vouloir nous fausser compagnie.

— La liaison de son système de navigation avec le cerveau central est défectueuse, Amiral, sourit Rudo. À trente pour cent de la vitesse luminique, c'est déjà une belle performance qu'ils soient encore dans le convoi !

— Exécutez mes ordres ! dit l'Amiral avec une fureur contenue en coupant la communication.

Quelques gouttes de sueur perlaient sur le front de l'Arkonide. Sa haute silhouette aux cheveux d'un blond presque blanc parut soudain fatiguée. Perry Rhodan l'observait avec un petit sourire.

— Alors, on dirait que mes hommes s'amusent un peu à jouer avec tes nerfs ? lança le Stellarque ironiquement.

— S'il n'y avait que ça, répondit Atlan en secouant la tête. Cela n'arrête pas. Tu leur manques et c'est leur manière à eux de le montrer. Sans toi, ils se sentent orphelins, et moi je ramasse les pots cassés. Ne t'imagine pas pour autant, reprit-il en se secouant, que je vais te laisser sortir plus tôt que prévu !

— Nous en reparlerons..., répondit Rhodan évasivement.

— C'est tout vu, repartit Atlan. Tu ne quitteras l'hôpital que lorsque le docteur Artur te déclarera guéri. J'ai bien connu tes ancêtres, Barbare. J'en ai vu se battre avec une hache de pierre plantée dans la tête, sous prétexte que « tant qu'il y a de la vie, il y a de l'espoir »... Tu es aussi têtu qu'eux, mais cette fois tu n'as pas le choix. Je vais emmener les six transporteurs et le *Krest II* jusqu'à Troya. Nous n'en avons que pour quelques jours. Lorsque nous y serons, tu pourras reprendre la direction des opérations. N'oublie pas que je commandais des escadres du Grand Empire alors que tes ancêtres vivaient encore dans des cavernes...

Le visage fatigué, Perry Rhodan ne répondit pas tout de suite. Ses migraines ne s'étaient toujours pas calmées et il refusait de prendre des analgésiques.

— Je vais être raisonnable, promit-il. Envoie-moi l'infirmier avec son bouillon de légumes... Au fait, quel jour sommes-nous ?

— Le 22 août 2402. Cela fait deux jours que j'ai demandé au lieutenant-colonel Dosenthal de rejoindre le Système Perdu avec le *Bagalo*. S'il n'a pas de problèmes de machines, il ne devrait pas tarder à y arriver. Je lui ai donné un message pour Bull afin qu'il ne nous envoie plus rien tant que la situation ne se sera pas calmée dans la micronébuleuse.

— Bien, je te fais confiance.

— Il faut que tu te reposes, maintenant. Dans quelques jours, tout ira mieux..., conclut Atlan en s'éloignant vers la porte.

Perry Rhodan n'était pas tout à fait au courant de ce qui

s'était vraiment passé depuis son accident. Il était encore inconscient quand le *Bagalo* était reparti. Obéissant aux médecins et peut-être anxieux d'avouer au Stellarque qu'il avait ordonné la destruction du Moby-Tolot, Atlan ne lui avait rien dit de précis quant aux difficultés qu'ils rencontraient depuis que le *Krest II* avait rejoint le convoi des transporteurs.

Au moment où l'Arkonide allait ouvrir la porte, Rhodan le rappela :

— Atlan !

— Oui ? répondit l'Amiral en hésitant à revenir sur ses pas.

— Viens ici.

La petite lueur qui brillait au fond des yeux gris acier du Stellarque montrait qu'il avait recouvré toute sa lucidité. Atlan obéit.

— Je voudrais bien que tu m'expliques certaines choses... Pour Troya, nous sommes portés disparus depuis quatre semaines. Il a pu se passer bien des choses en un mois. Le satellite a peut-être été attaqué par les Deux-Nez. Qui sait s'il est toujours là ?

— Peu importe, répondit prudemment Atlan. L'opération Androbêta n'en serait pas condamnée pour autant. Les supercroiseurs se seront certainement mis à l'abri à proximité de la micronébuleuse. Nous entrerons en contact avec eux et il ne nous restera plus qu'à nous mettre en quête d'une planète appropriée pour établir une véritable base. Les transporteurs ont tout ce qu'il faut pour commencer les travaux. La seule difficulté qui reste, et c'est toujours la même, c'est la discrétion. Jusqu'à présent, personne ne sait que nous sommes si près d'Andromède. Troya est d'ailleurs probablement intact et les commandants des supercroiseurs doivent commencer à nous rechercher...

Perry Rhodan le regarda sans répondre. Il avait manifestement du mal à garder les yeux ouverts. Atlan s'éloigna sur la pointe des pieds.

En sortant dans la coursive, il aperçut Gus, qui attendait avec son bouillon de légumes.

— Il dort, laissez-le se reposer, lui ordonna Atlan en s'éloignant.

Les deux gardes postés devant la cabine de Rhodan virent l'infirmier s'éloigner en traînant la jambe.

— Pauvre diable, dit l'un d'eux. Vivement que le chef soit sur pied...

*
**

Atlan prit sa respiration avant d'ouvrir la dernière cloison du sas principal du central, puis il se dirigea à pas décidés vers l'estrade de commandement.

Cart Rudo remplissait complètement son imposant fauteuil. Les épaules du Terranien, né sur Epsal, étaient aussi larges que celles de deux haltérophiles terriens. Il salua l'Amiral d'un signe de tête et lui lança un regard soupçonneux.

L'Arkonide se laissa absorber par le spectacle qu'offrait le grand écran panoramique. Le convoi, escorté par le plus puissant navire de l'Empire, s'enfonçait vers le cœur d'Androbêta. La nappe lumineuse d'Andromède, qui occupait la plus grande partie du firmament dans le secteur proche du transmetteur géant de Bêta-Triangle, avait pratiquement disparu. Tout autour du vaisseau, l'écran panoramique montrait maintenant les étoiles d'Androbêta. Avec ses sept mille années-lumière de diamètre, située à seulement cent mille années-lumière d'Andromède, c'était déjà une petite galaxie de taille respectable.

Éloignés de plus d'un million et demi d'années-lumière de la Voie lactée, les hommes du central ne paraissaient guère anxieux de s'enfoncer ainsi dans l'inconnu. Atlan avait toujours admiré les Terriens pour leur courage et leur témérité. Comme si de rien n'était, des plaisanteries fusaient de temps à autre et Cart Rudo prenait un malin plaisir à apostropher de sa voix de stentor les techniciens qui ne réagissaient pas assez vite à ses ordres.

Atlan frissonnait à l'idée de pénétrer ainsi à l'aveuglette au cœur du domaine des Maîtres Insulaires. Les seigneurs d'Andromède étaient très puissants. C'étaient eux qui, voici des dizaines de milliers d'années, avaient mis en place la chaîne des transmetteurs géants, véritable pont jeté sur le Grand Désert intergalactique, qui permettait de franchir la distance colossale séparant la Voie lactée de la Nébuleuse, sa voisine.

La conquête du Système Perdu avait permis à l'Empire de retrouver une base à peu près sûre après la perte du système des Jumeaux. Situé à neuf cent mille années-lumière de la Galaxie, le Système Perdu n'était qu'à quatre cent mille années-lumière d'Androbêta. Si l'opération réussissait, ils pourraient disposer d'un point d'appui extrêmement puissant dans la micronébuleuse, dans la proche banlieue d'Andromède. Si l'Empire parvenait à garder sa présence secrète, Perry Rhodan comptait bien prendre l'initiative en attaquant le premier. Il saurait bien exploiter la surprise des Maîtres Insulaires, qui se préparaient, par l'intermédiaire des Maahks d'Androalpha, à lancer une nouvelle grande offensive sur la Voie lactée.

Pour l'instant, la pièce majeure de l'opération Androbêta était Troya, le satellite secret. Le planétoïde, excavé et doté d'importantes infrastructures, avait permis de faire entrer incognito dans la micronébuleuse cinq supercroiseurs, dont le *Krest II*.

Le premier accroc dans le plan de Perry Rhodan avait été de taille. À peine arrivés dans la micronébuleuse, les Terriens s'étaient heurtés aux Mobys, ces gigantesques croiseurs vivants de l'espace, utilisés par les Maîtres Insulaires comme gardiens d'Androbêta. L'extinction progressive des Mobys, qui se nourrissaient de matière et d'énergie, avait fourni des abris aux Deux-Nez, le peuple auquel les Andromédans avaient confié la garde d'Androbêta.

Après trois plongées linéaires, les six transporteurs et le *Krest II* se trouvaient maintenant à deux mille cinq cents années-lumière du centre d'Androbêta. La manœuvre allait devenir nettement plus délicate. Troya se trouvait dans le noyau galactique. Sa trajectoire, repérée par des étoiles caractéristiques, le conduisait droit sur une étoile située exactement au centre d'Androbêta. S'il ne modifiait pas son cap, le satellite secret l'atteindrait dans quarante ans.

La principale difficulté de la navigation était l'absence de cartographie complète de la micronébuleuse. Les astronomes avaient défini un certain nombre de points fixes remarquables, mais l'intense activité spatiale des Deux-Nez avait déjà obligé le convoi à effectuer des changements de cap non prévus. À chaque réémersion dans le continuum, il avait fallu recalculer la position exacte des navires. Les cerveaux impotoniques étaient mis à contribution mais, même dans ces conditions, le convoi avait déjà perdu beaucoup de temps.

Aux difficultés de navigation s'ajoutaient les défauts de jeunesse des blocs-propulsion des transporteurs, premiers d'une nouvelle génération de navires qui disposaient grâce à leurs trois blocs-propulsion supplémentaires d'une autonomie d'un million d'années-lumière.

Atlan était soucieux. Il suffisait que le *Krest II* soit repéré par n'importe quel navire des Deux-Nez pour que l'opération Androbêta échoue. Les pannes à répétition des transporteurs compliquaient singulièrement sa tâche. Pourtant, l'Amiral n'était pas prêt à les abandonner. Ils transportaient tout ce qu'il fallait pour construire une base cosmique. Mille deux cents spécialistes attendaient sur Troya l'arrivée du matériel. Tout cela n'était qu'un début. Le Système Perdu, relié à la Voie lactée par son transmetteur, servirait de relais pour les quantités colossales de matériel qu'il allait falloir faire transiter vers Androbêta.

— J'ai besoin d'une planète, dit Atlan, qui se tenait toujours derrière le fauteuil de Cart Rudo. N'importe quelle planète, pourvu que les Deux-Nez ne s'y intéressent pas. Un monde extrême, si possible...

L'Epsalien tourna brièvement la tête vers Atlan sans répondre.

— Combien de temps allons-nous encore devoir attendre le prochain point de navigation ? reprit l'Arkonide.

— Le point est fait, Amiral, mais l'*Anbe 5* a encore besoin d'une heure pour réparer la liaison du deuxième étage. Je pensais que le maréchal Bull avait choisi des équipages d'élite pour les transporteurs. Si vous voulez,

Amiral, je vais envoyer quelques-uns de mes hommes voir ce qui se passe...

— Attendez encore une demi-heure, commandant. Je préfère que l'*Anbe 5* résolve ses problèmes de lui-même. Je ne tiens pas à ce que nous le perdions lors de la prochaine plongée linéaire

— Ces mastodontes font peine à voir, Amiral. Je frémis à la pensée que nous soyons également obligés de monter des blocs-propulsion supplémentaires sur le *Krest II*. Même si tous les problèmes techniques sont résolus — nouveau calcul de la répartition des masses, dessin des écrans, taux de couverture de l'artillerie —, je suis certain que nous perdrions beaucoup en manœuvrabilité.

— J'espère qu'un jour nous trouverons une solution technique pour accroître la longévité de nos propulseurs, commandant. D'ici là...

— Vous serez obligés de patienter, gronda une voix de tonnerre derrière Atlan.

L'Amiral sursauta en entendant Icho Tolot. Il valait mieux éviter d'être trop près du Halutien quand il parlait. Avec sa taille de trois mètres cinquante pour deux mètres cinquante de large au niveau des épaules et ses extraordinaires facultés, Tolot était sûrement l'un des êtres vivants les plus puissants de la Galaxie.

Nul ne savait vraiment pourquoi, mais Tolot, qui était historien sur Halut, s'était pris d'affection pour les Terriens et pour Perry Rhodan. Son instinct maternel le poussait à s'inquiéter dès que quelque chose ne tournait pas rond.

— Mon planicerveau s'est penché sur nos problèmes actuels, Arkonide, dit le géant. Ma conclusion est qu'il y a quatre-vingt-dix-huit pour cent de chances pour que

Troya n'ait pas été découvert. Cela devrait vous rassurer.

— Et que pensez-vous de nos chances de rejoindre le satellite ? voulut savoir Atlan.

Les trois yeux rouges de Tolot se fixèrent sur l'Arkonide.

— Suffisantes, répondit évasivement le Halutien. Pourtant, vous devriez suivre mon conseil et rapatrier les transporteurs vers le Système Perdu le plus vite possible.

— Avec tout le matériel ?

— Oui. Nous ne devrions pas mettre trop longtemps à trouver une planète appropriée pour la base cosmique. Les transporteurs ne feront que nous gêner tant que nous ne l'aurons pas trouvée. Lorsque ce sera le cas, nous pourrons les faire revenir sans difficulté.

— Mais comment ? Ni le *Krest II* ni les supercroiseurs de Troya n'ont une autonomie suffisante pour rallier le Système Perdu. Nous ne pouvons pas communiquer par hyperondes. Comment pourrions-nous les avertir ? La destruction du Moby — même si nous ne sommes pas soupçonnés — a dû alerter tous les Deux-Nez d'Andro-bêta. Même s'ils supposent que le *Bagalo* est un navire maahk, sa disparition soudaine doit quand même leur avoir mis la puce à l'oreille. Nous ne pouvons pas risquer d'émettre vers le Système Perdu, et vous le savez bien.

— Bien sûr, mais je maintiens qu'il faut renvoyer les transporteurs. Pour l'instant, les Deux-Nez sont devant un puzzle incompréhensible. Les Maîtres Insulaires ne peuvent absolument pas faire le rapprochement entre ce qui vient de se passer et nous.

Mais Atlan paraissait décidé à garder les transporteurs et leur précieux matériel. Intérieurement, le colonel Rudo lui donnait raison. Ce n'était pas le genre d'homme à jeter ses armes par terre simplement parce que l'adversaire était numériquement supérieur.

— Non, nous allons continuer, affirma l'Amiral. Si Troya est détruit, nous aurons encore plus besoin du matériel et des réserves des transporteurs. Et si, par malchance, les quatre supercroiseurs ont subi le même sort que le satellite...

— Je l'exclus formellement, insista Tolot.

— Ah oui ? Pourquoi donc ? s'étonna ironiquement Atlan.

— Les équipages ont été sélectionnés parmi l'élite de l'astromarine solaire, Arkonide.

— Bon, admettons, convint Atlan. Ils auraient eu une bonne chance de s'en sortir. Mais s'ils ont subi des dégâts, je ne pense pas que nous pourrons les équiper des blocs-propulsion supplémentaires. Ce qui veut dire que, si les choses vont mal et que nous renvoyons les transporteurs, nous sommes définitivement coupés du Système Perdu...

Le Halutien écarta les bras en poussant un soupir qui fit s'envoler tous les papiers du pupitre du commandant.

— Comme vous voulez. Si l'on admet qu'il est arrivé quelque chose aux supercroiseurs, vous avez raison. De mon côté, cette hypothèse ne me paraît pas réaliste.

— Je n'ai pas plus envie que vous de trimbaler ces gros cloportes de transporteurs dans le noyau d'Androbêta, Tolot, affirma Atlan. Seulement, je n'ai pas le choix. S'il est arrivé quelque chose à Troya...

À la grande surprise d'Atlan, Icho Tolot éclata de rire, obligeant tous les hommes les plus proches à se boucher les oreilles.

— À vrai dire, je m'y attendais, Arkonide. Vous pouvez compter sur moi.

*
**

Dix minutes plus tard, le commandant de l'*Anbe 5* reçut un message par ondes ultracourtes. Les hyperondes, de grande portée, étaient trop facilement repérables.

Le major lut le texte qui venait d'être décodé et le tendit à son second.

— Je m'y attendais un peu, dit le commandant, mais j'espérais qu'ils nous laisseraient encore un peu de temps. Où en sont les réparations ?

— Il nous reste encore cinq zones de coupure à localiser, commandant. La liaison est loin d'être encore rétablie, rappela le second.

Le commandant se pencha sur son intercom et appela son ingénieur en chef, qui se trouvait dans l'un des ponts inférieurs :

— Ed, je vais vous lire le message que nous venons de recevoir. « Vaisseau amiral à *Anbe 5*. Préparez-vous pour immersion linéaire. Les coordonnées vous seront transmises par faisceau directionnel orienté Rouge D 84 degrés, A 112 degrés. Préparez votre positronique pour connection directe sur convertisseur kalup. »

— Et c'est signé par qui, cette stupidité ? demanda l'ingénieur d'un ton agressif.

— Lordamiral Atlan, commandant en chef par intérim.

— Cela ne me réjouit pas, commandant, mais nous sommes prêts, affirma l'ingénieur en soupirant.

Cinq minutes plus tard, le *Krest II* transmettait à l'*Anbe 5* ses coordonnées de plongée. Introduites directement dans le calculateur intégré du convertisseur, elle permettraient au transporteur de suivre le convoi mais si, par malheur, le moindre changement de cap intervenait pendant le vol, l'*Anbe 5* se perdrait. La rupture de la liaison entre le cerveau IP central et le convertisseur du deuxième étage rendait toute modification des coordonnées impossible pendant le vol.

Le convoi s'ébranla. Trois minutes avant l'heure prévue de l'immersion linéaire, les détecteurs de l'*Anbe 5* captèrent de puissants échos énergétiques. Androbêta était décidément bien petite...

Les échos se densifièrent. Quand les premiers échos matériels se formèrent, les kalups étaient déjà en phase de préactivité. Leur grondement se répercutait dans toute la structure du transporteur. Les sept navires disparurent sans avoir pu identifier avec certitude leurs poursuivants, sans doute une nouvelle escadre de surveillance des Deux-Nez.

L'étoile qui leur servait de mire se trouvait à mille deux cents années-lumière. Elle avait un éclat d'un bleu-vert assez rare. La réémersion se passa sans incident. Aucune unité ennemie ne les attendait. Les astronomes et les astrogateurs du *Krest II*, qui disposaient des meilleurs calculateurs, se mirent aussitôt au travail pour faire à nouveau le point. Un travail ingrat et extrêmement difficile.

Depuis sa cabine de l'hôpital, Perry Rhodan appela Atlan pour savoir si l'*Anbe 5* avait réussi à les suivre. Aussitôt après, l'Amiral, épuisé, se retira dans sa cabine.

Atlan cherchait à se détendre, mais il n'y parvenait pas. Les mêmes questions revenaient sans cesse : où en était Troya ? Les commandants des supercroiseurs avaient-ils respecté l'ordre de Rhodan de ne pas quitter le satellite ? Autant de questions sans réponse. Une chose était sûre. Sachant que le *Krest II* aurait dû les rejoindre depuis deux semaines au moins, les commandants n'étaient pas restés les bras croisés. De plus, ils savaient exactement à quel moment les transporteurs devaient arriver.

Atlan retint un juron arkonide et se tourna de l'autre côté.

Il venait tout juste de s'endormir quand l'alerte retentit. En grondant, Atlan s'orienta à tâtons pour trouver le bouton de l'intercom. C'était Brent Huise, le second.

— Un Moby vient d'apparaître à une demi-année-lumière, Amiral. Il paraît satellisé autour du soleil bleu-vert. Pour l'instant, pas trace de navires ennemis. Quelles sont vos instructions, Amiral ?

— Pour une fois, vous pourriez décider vous-même de ce qu'il convient de faire, Huise, vous ne croyez pas ? Gardez le même cap et dites au commandant de l'*Anbe 5* que je commence à m'impatienter. Choisissez une mire stellaire à cinq années-lumière environ pour une manœuvre d'évitement d'urgence et faites établir la programmation. Maintenant, laissez-moi dormir et réveillez-moi seulement quand la situation sera critique. Terminé !

CHAPITRE II

Le calendrier de bord indiquait le 26 août 2402. Le convoi avait pénétré profondément à l'intérieur du noyau d'Androbêta. Les patrouilles des Deux-Nez se faisaient beaucoup plus rares, comme si elles s'étaient surtout concentrées autour des trois géantes bleues du transmetteur de Bêta-Triangle.

Six jours s'étaient écoulés depuis le départ du *Bagalo*. Six jours d'une navigation difficile, émaillée de pannes et d'incidents divers.

Un quart d'heure plus tôt, les détecteurs du *Krest II* avaient enregistré la présence d'un corps céleste isolé dans le vide galactique. Il se trouvait exactement à l'emplacement que devait occuper Troya à ce moment précis.

L'objet était « froid » sur le plan énergétique. Aucun rayonnement, aucune émission, rien.

Deux heures plus tôt, le central avait été le théâtre d'une fête improvisée. Le Stellarque, bien qu'encore affaibli, avait fait sa première apparition dans le poste de commandement de son vaisseau. Ses yeux s'étaient enfoncés, mais le timbre de sa voix était toujours aussi net et rassurant. La fracture était guérie.

Le Lordamiral avait remis son commandement au Stellarque. Atlan, qui avait passé une semaine épouvantable, avait bien besoin de sommeil.

Le convoi, en formation triangulaire, avait calqué son cap sur celui de l'objet céleste, vingt milliards de kilomètres plus loin. Sa vitesse, cinq pour cent de la vitesse luminique, était un handicap de taille en cas d'affrontement. Les calculateurs des batteries d'artillerie et les radiants fonctionnaient, eux, à la vitesse de la lumière. Pour eux, les six gros transporteurs étaient quasiment immobiles. Les manœuvres d'évitement nécessitant quant à elles une vitesse initiale aussi élevée que possible, le *Krest II* aurait fort à faire si les choses tournaient mal.

Le vaisseau amiral était en alerte maximale, son bouclier levé, ses propulseurs prêts à accélérer au moindre signe suspect.

Le Stellarque avait pris place près du fauteuil du colonel Rudo. Il observait un hangar auxiliaire sur l'écran de son intercom. Le chasseur spatial se préparait à emporter le commando de reconnaissance dirigé par le capitaine Redhorse. Le disque ultra-rapide n'emportait que trois hommes à son bord. Don Redhorse, bien sûr, mais aussi les sergents Timo Honaph, pour la navigation, et Alph Rekut, radio et détection.

— Prêt, commandant, annonça Redhorse à Rhodan.

Les trois hommes avaient bouclé le casque de leur spatiandre.

— Allez-y, Don, fit Rhodan. N'oubliez pas que l'on

nous a peut-être tendu un piège sur le satellite. Alors, faites attention à vous !

— Promis, commandant. Je viens d'avoir le feu vert...

— Le *Krest II* vous couvrira en permanence. Au moindre problème, nous ouvrons le feu. Bonne chance.

Redhorse se sentit frissonner en pensant aux radiants lourds qui seraient en permanence fixés sur son dos et sur le petit chasseur, qui ne mesurait que trente-cinq mètres de diamètre. Le chasseur, accéléré par les champs magnétiques de la catapulte, jaillit hors du sas. Il serra les dents pour résister à la formidable poussée. Trente secondes plus tard, il avait assez récupéré pour lancer un dernier message à Perry Rhodan.

— Par précaution, je crois que je vais appeler l'officier de veille de la centrale de tir pour lui expliquer la différence entre un chasseur et un morceau de rocher ! lança-t-il en riant.

— Je vais en toucher un mot au major Wiffert, l'assura Rhodan avec un sourire.

— De toute façon, avec tout ce qui lui est déjà arrivé, Redhorse est sûrement protégé par le grand Manitou, ajouta Melbar Kasom, qui se tenait derrière le Stellarque.

L'Étrusien avait beau être l'homme le plus imposant et le plus puissant de toute l'histoire terrestre, il se sentait comme un nouveau-né à côté d'Icho Tolot, qui venait d'éclater de rire.

— Vous venez de rire, Tolot ? s'indigna Kasom.

— Bien sûr, tonna le Halutien, votre remarque est typiquement irrationnelle et terrienne. J'adore votre sens de l'humour.

— Combien de fois faudra-t-il vous dire que je ne suis pas terrien mais terranien, Tolot ! s'exclama le spécialiste de l'O.M.U.

— Calmez-vous, demi-portion, j'essaierai de m'en souvenir, promit le géant.

Don Redhorse n'avait rien entendu de l'échange entre Kasom et Tolot. Son visage au nez busqué était concentré sur son écran. Ses yeux d'un noir de jais parcouraient à petites secousses la totalité des indicateurs du panneau de contrôle. Complètement reculé dans son fauteuil, il se concentrait sur sa mission. Dans le vide interstellaire, Troya était parfaitement obscur. Une simple observation optique n'apporterait aucun renseignement. Seuls les détecteurs pourraient signaler la moindre anomalie.

Le *Krest II* avait rapidement disparu sur le quadrant inférieur de l'écran de contrôle du chasseur, dont l'accélération initiale avoisinait les 300 km/s^2. Heureusement, les absorbeurs la neutralisaient en majeure partie.

— Détection en cours, annonça le sergent Rekut. Nous émettons un véritable feu d'artifice d'ondes hypercourtes. Si quelqu'un nous attend avec de mauvaises intentions sur Troya, les volets de sécurité des batteries de radiants sont déjà levés...

Redhorse manipula le boîtier de commande de son spatiandre pour équilibrer sa pression interne. Un peu d'air s'échappa en sifflant et un voyant bleu lui confirma qu'il pouvait ouvrir son casque. En le rabattant, Redhorse se retourna.

Le pilote automatique avait pris le petit appareil en charge. La plongée linéaire s'effectua presque aussitôt. Ils allaient émerger à cinquante millions de kilomètres de Troya. Compte tenu du temps de freinage, le chasseur stopperait à un million de kilomètres du planétoïde.

— Des volets de sécurité, vous êtes sûr ? demanda

Don, l'air étonné, au sergent. Je croyais qu'il n'y en avait pas...

Alph Rekut le regarda avec de grands yeux jusqu'au moment où Timo Honaph lui donna un coup de coude dans les côtes.

— Tu ne vois pas qu'il te fait marcher ?

— Ah, bon, je préfère ça. J'en avais déjà froid dans le dos. Je n'ai pas vos nerfs, moi, mon capitaine, protesta le sergent.

— Des nerfs ? demanda ironiquement Alph, un gros homme blond. Il n'y en a plus dans sa famille depuis que l'un de ses ancêtres les a perdus dans les batailles des grandes plaines contre les tuniques bleues...

Redhorse grimaça un sourire :

— Bravo, sergent, vous avez au moins gardé quelques souvenirs de vos cours d'Histoire ancienne.

Le capitaine n'aurait pas songé un instant à en vouloir au sergent de sa remarque. Don Redhorse devait une bonne part de ses succès aux rapports de confiance qu'il parvenait à établir avec ses hommes.

Le passage dans la zone de libration de l'entrespace se passa comme à l'accoutumée, sans sensation notable pour les trois hommes. Le kalup émettait une vibration un peu plus aiguë, les étoiles perdaient leur scintillement, et c'était tout, ou presque. Le chasseur spatial avançait maintenant à une vitesse largement supérieure à celle de la lumière...

Le champ parastable créé par le convertisseur kalup protégeait l'engin spatial sans l'isoler complètement du continuum. Les instruments de détection et d'observation fonctionnaient encore, avec des constantes radicalement différentes toutefois. L'étoile qui avait été choisie pour cible était parfaitement immobile au centre de l'écran de contrôle du pilote. Elle n'apparaissait plus comme source d'énergie lumineuse mais comme un foyer d'ondes ultracourtes relativement stables après correction positronique.

Le vol ne dura que trois minutes. Le chasseur avait parcouru vingt milliards de kilomètres. Redhorse se pencha en avant pour contrôler les paramètres de vol. Il ne lui serait pas venu à l'idée qu'un autre peuple de l'univers connu ait pu également découvrir cette technique de vol ultraluminique. Non seulement les Terriens avaient su développer les techniques du vol kalup, mais ils avaient aussi poussé leurs machines à un point étonnant de miniaturisation. Les Droufs, véritables inventeurs du procédé, étaient rentrés dans leur zone temporelle depuis quatre siècles. De nouvelles interférences n'auraient sûrement pas lieu avant des milliards d'années.

Troya s'affichait nettement sur l'écran frontal. Redhorse consulta sa montre. Quelques secondes plus tard, le propulseur du chasseur se ralluma en grondant. Le capitaine sourit. Tout se passait comme prévu. Leur premier vol de reconnaissance serait très rapide, laissant tout juste le temps aux détecteurs d'enregistrer le maximum de données sur le satellite. La suite des événements dépendrait de ces premiers résultats.

Les trois hommes étaient silencieux. Ils partageaient la même angoisse et la même détermination. Si Troya était occupé par une puissance ennemie, leur coque de noix cesserait bientôt d'exister...

Avec une vitesse proche de celle de la lumière, le chasseur disposait quand même d'une certaine marge de manœuvre vis-à-vis d'armes qui étaient par définition luminiques. Les étoiles formaient de longues traînées lumineuses. Mais cette particularité n'était pas le seul effet relativiste de leur vitesse. La contraction temporelle qu'elle provoquait leur donna l'impression de parcourir en quelques secondes les cinquante millions de kilomètres qui les séparaient encore de Troya. À l'œil nu, Redhorse ne remarqua même pas le passage du planétoïde. Seul le freinage soudain du chasseur, compensé par les anti-g, lui apprit qu'ils avaient dépassé Troya et qu'ils se dirigeaient vers l'extrémité de leur courbe d'approche.

Les traînées lumineuses des étoiles se contractèrent jusqu'à redevenir de simples points scintillants. Alph était déjà en train d'analyser les résultats du premier passage. La masse du satellite n'avait pas varié par rapport aux dernières données. Aucune destruction avec perte de matière n'était donc survenue. La très haute teneur du planétoïde en alliages complexes rassura définitivement le sergent.

— Les supercroiseurs sont toujours là, annonça-t-il joyeusement.

— Tous les quatre ? insista Redhorse.

— C'est plus difficile à dire, Don. À cette vitesse-là, la marge d'erreur est quand même de quelques pour cent.

— Troya est déjà en vue, annonça Timo Honaph.

Pour le deuxième passage, le chasseur était descendu à 5,5% de la vitesse luminique. Redhorse se retourna et posa son doigt gauche sur le booster d'accélération. Simultanément, il demanda au sergent Rekut de lui ouvrir un canal en ondes ultracourtes. La réponse au message qu'il allait envoyer ne devait pas être trop simple à trouver. Don choisit d'utiliser le vieil anglais, qui n'était plus parlé que dans quelques contrées retirées de la Terre. Au bout de quelques instants, il envoya son message, en clair :

— Eh, en bas ? Comment va le mangeur de carottes ? Répondez sur fréquences radios normales.

La réponse, un peu crachotante, arriva presque aussitôt, elle aussi en vieil anglais :

— Troya à chasseur. Nous avons du mal à convaincre le mangeur de carottes de ne pas vous rejoindre tout de suite pour vous dire ce qu'il pense de vos manières. Ici Whooley. Annoncez vos nom et grade. Terminé.

— Capitaine Don Redhorse des commandos d'exploration du *Krest II*. À vous.

— Bienvenue à bord, Don, répondit Whooley.

— Vous êtes sûr que tout va bien ? insista Redhorse.

— Écoutez, si vous ne vous dépêchez pas, L'Émir vous fait dire qu'il se dérangera en personne...

— N'envoyez pas de faisceau de guidage, je me pose manuellement, avertit Don avant de faire plonger le chasseur dans une vrille éblouissante.

Redhorse reconnut l'« index », cette passerelle suspendue au-dessus du vide, l'un des seuls vestiges encore présents à la surface du planétoïde, l'un des fragments de Kulloch, l'ancienne planète du Système Perdu.

Le sergent Honaph prit les commandes, tandis que Redhorse se dirigeait vers l'arrière du chasseur. Le capitaine attendit tranquillement l'ouverture du petit sas individuel du chasseur et se cramponna aux poignées des cloisons. Lorsque le chasseur ne fut plus qu'à quelques mètres de la surface, il alluma son micropropulseur et sauta en marche.

Le propulseur du chasseur rugit et le petit engin monta en chandelle vers l'espace.

Redhorse se mit à l'abri dans un fossé. Autour de lui, il devinait quelques carcasses désarticulées de robots. Son radiant en main, il observait un groupe de collines toutes proches. On était sans doute en train de l'observer. Il appuya sur le contact de son émetteur et lança un nouveau message :

— J'accepte votre proposition de tout à l'heure, Whooley. Envoyez-moi L'Émir, maintenant. Pendant que vous y êtes, je voudrais aussi voir John Marshall. Attention, que personne d'autre ne sorte...

— Vous êtes vraiment très prudent, on dirait, répondit une voix qu'il ne connaissait pas.

— Et alors. Faites ce que je vous dis, répliqua tranquillement Don.

Une petite silhouette se rematérialisa soudain sous le nez de Redhorse, qui ne sursauta même pas.

— Alors, l'Indien, on cherche des poux aux Visages pâles ?

— Si vous êtes sous influence, on ne vous a pas retiré votre sens de l'humour, lieutenant Les Mirettes, répliqua Redhorse sans ciller.

— Don, tu sais que je déteste qu'on m'appelle comme ça ! protesta le mulot. Et en plus, tu te figures qu'on pourrait m'influencer comme ça ! ajouta-t-il en claquant des doigts. Tu ne manques pas de culot, pour un Cheyenne.

Don Redhorse observa L'Émir avec méfiance sans répondre. Il ne se détendit qu'après l'arrivée de John Marshall, qui venait de sortir de l'un des passages secrets des collines.

Le capitaine rangea son radiant et croisa les bras en

regardant L'Émir.

— Désolé, petit, mais j'avais une mission précise à remplir, s'excusa-t-il.

— Ce n'est pas une excuse ! pépia le mulot. Non seulement tu me traites de mangeur de carottes, mais tu persistes et signes en me lançant du « Petit » à la figure. Si je ne lisais pas dans tes pensées que tu as fait tout ça seulement... Mais ? Qu'est-ce qui est arrivé à Perry ? balbutia-t-il soudain.

En une fraction de seconde, Don avait pensé à toutes les difficultés qu'ils avaient dû affronter : l'accident de Perry Rhodan, les avaries des transporteurs, les patrouilles des Deux-Nez. Alerté par la réaction de L'Émir, John Marshall avait également blêmi en lisant les pensées du capitaine.

— Rentrons, dit le chef de la Milice des mutants.

Sur le chemin du retour, Redhorse leur raconta les événements des quatre dernières semaines, depuis leur captivité à l'intérieur du Moby-Tolot. Le major Whooley, chef de l'équipe du satellite secret, les accueillit dès qu'ils rejoignirent le poste de commandement de Troya, au centre du planétoïde. Don envoya aussitôt le signal de reconnaissance chiffré qui indiquait que tout était clair au chasseur, qui allait prévenir le *Krest II*.

Pendant qu'il s'efforçait de répondre aux mille questions des officiers présents au poste de commandement, Don remarqua soudain l'absence de l'un des quatre commandants des supercroiseurs. Il avait reconnu Brodo Saurer, Teren Masis et Baptiste Obanda, les colonels commandant les trois supercroiseurs impériaux, mais pas le commandant du navire amiral de l'O.M.U., l'*Imperator*.

— Tiens, je n'ai pas vu le colonel Heske Ha'lurin, major Whooley, s'étonna Don.

Sa question parut gêner tout le monde. Fraser Whooley rougit sans répondre, tandis que plusieurs officiers paraissaient soudain s'intéresser aux écrans qui couvraient les pupitres de la salle. Finalement, c'est le colonel Obanda, le commandant du *Napoléon*, qui toussota et prit la parole :

— Le colonel a quitté la base voici quatorze jours, capitaine. Il nous a déclaré que, dépendant de l'Organisation des Mondes Unis, il n'était soumis que conditionnellement aux ordres du Stellarque. Deux semaines après la date probable du retour du *Krest II*, l'*Imperator* est parti pour découvrir par ses propres moyens une planète de soutien. Le colonel affirmait avoir reçu des ordres en ce sens du Lordamiral Atlan et nous n'avons pas voulu l'empêcher de partir par la force...

Le visage de Don s'était durci.

— Mais vous saviez ce qui se passe en ce moment ici, non ? Androbêta est sens dessus dessous. Il nous a fallu six jours et vingt-quatre corrections de cap en catastrophe pour franchir seulement trois mille sept cents années-lumière !

— Bien sûr, admit Obanda. Troya a été survolé deux fois par des navires de fort tonnage et passé au scanner. C'est un miracle s'ils ne se sont doutés de rien. Leurs détecteurs doivent être vraiment médiocres. L'un des deux vaisseaux s'est même posé, mais il n'a rien remarqué. Depuis, plus rien. Ils ont dû enregistrer le planétoïde comme un fragment du Système Perdu, capturé comme tant d'autres par le transmetteur géant. Les Deux-Nez dont vous parlez n'ont pas débarqué. Nous n'en avons jamais vu.

Don Redhorse n'attendit pas davantage. Il s'éloigna à grands pas pour rejoindre la surface de Troya. Avant de sortir, il se retourna encore une fois :

— Major, merci de préparer le sas pour que le *Krest II* puisse entrer...

— Nous avons encore de la place pour un transporteur, capitaine, répondit Whooley.

— Le chef en décidera, mais je ne crois pas que ce soit souhaitable. L'*Imperator* peut revenir à tout moment, rappela Don.

— Puisse-t-il avoir raison ! s'exclama Teren Masis, le commandant de l'*Alaric*, quand Redhorse fut sorti. Heske Ha'lurin est un commandant hors pair, Epsalien de surcroît, et son équipage est trié sur le volet. Dieu sait pourtant ce qui a pu se passer... Je n'ose pas penser à ce qui va arriver quand Perry Rhodan sera au courant. Si seulement vous aviez refusé d'ouvrir les sas à l'*Imperator* quand il est parti, Whooley !

Le major rougit violemment.

— Vous êtes-vous déjà trouvé devant un Epsalien en colère, colonel ? répliqua vivement Whooley. Un Epsalien à qui vous n'avez pas d'ordres à donner, qui plus est, parce qu'il ne dépend pas de la flotte de l'Empire !

Teren Masis soupira. Il s'imaginait très bien la scène, le commandant Ha'lurin débarquant comme une furie dans le poste de commandement de Troya pour exiger l'ouverture des sas.

Après un moment d'hésitation, les officiers quittèrent le poste de commandement par les bandes de transport qui conduisaient aux hangars. Avec les semelles magnétiques, les déplacements sur Troya n'étaient pas simples, même si l'on s'habituait à la longue. Comme tout ce qui avait besoin d'énergie pour fonctionner à bord du satellite secret, les bandes de transport et l'éclairage parcimonieux, les extracteurs d'air et les deux ascenseurs étaient alimentés par un petit générateur à turbine de cent kilowatts seulement. Afin d'éviter toute émission de traces énergétiques puissantes, les générateurs à fusion n'avaient pas été activés depuis que le *Krest II* avait quitté Troya. Dans ces conditions, il était impossible de produire une gravitation artificielle.

Resté seul, Fraser Whooley se demandait ce qu'ils pourraient bien faire des six transporteurs. A priori, pour lui, la seule possibilité était de les maintenir en vol à proximité de Troya. Ça, c'était un problème qui regardait leurs commandants. Par contre, la présence des six navires, chacun de la taille d'un croiseur de classe Empire, augmentait nettement les risques de découverte pour le satellite.

CHAPITRE III

Les générateurs de Troya avaient été activés pendant un quart d'heure pour permettre l'entrée du *Krest II*, guidé par les rayons tracteurs.

Quand les sas se furent refermés sur la sphère d'un kilomètre et demi et que le camouflage de la surface se fut remis en place, le major Whooley fut heureux de ne pas avoir à répéter la manœuvre avec l'un des transporteurs. Le cas avait été prévu et des répétitions avaient été faites dans le Système Perdu, mais les trois blocs-propulsion supplémentaires rendaient quand même l'exercice périlleux.

Les six transporteurs étaient donc restés dans l'espace, le plus près possible du satellite pour profiter de sa couverture. Pour faciliter les choses, ils s'étaient ancrés magnétiquement les uns aux autres, si bien que les équipages de cinq d'entre eux pourraient se reposer.

À côté des trente-huit kilomètres de diamètre de Troya, les six sphères représentaient pourtant quand même une masse bien visible. Les choses n'allaient pas pouvoir rester en l'état bien longtemps.

*
**

Ils ne l'avaient encore jamais vu dans un tel état. Il avait commencé par frapper du poing sur la table. Les officiers rassemblés n'en menaient pas large. La tête baissée, le major Whooley essayait d'affronter courageusement l'orage.

Dix minutes plus tard, c'était encore pire. Il n'y avait plus d'éclats de voix, tout juste des reproches d'une dureté implacable.

Le visage du maître de l'Empire solaire était d'un blanc de cire. Sa voix tremblait légèrement quand il questionnait l'un ou l'autre. Les trois commandants et les seconds des supercroiseurs étaient là, tout comme les ingénieurs et les officiers de Troya proprement dit. Tout le monde était au garde-à-vous. Les mutants sélectionnés pour l'opération Androbêta étaient également présents. L'Émir, John Marshall, Ivan Goratchine et les Coureurs d'ondes étaient les seuls à faire à peu près bonne figure.

La conclusion du Stellarque était claire. Il aurait dû être possible d'empêcher le départ de l'*Imperator*. Aucun argument ne l'avait fait changer d'avis. Atlan, responsable du supercroiseur en tant que commandant suprême de l'O.M.U., n'avait encore rien dit, bien qu'il ait remarqué les nombreux regards que lui lançaient les officiers. Comme Icho Tolot, installé à côté de lui, il analysait tranquillement la situation créée par l'absence de l'*Imperator*.

— Je crois qu'Atlan a quelque chose à vous dire, commandant, lança le Halutien au bout d'un moment.

Coupé au milieu d'une phrase, Perry Rhodan se retourna vivement vers le géant.

— Qu'est-ce qui se passe, Tolot, vous avez du nouveau ?

Atlan s'approcha de la table et balaya d'un geste les mémoblocs qui contenaient les enregistrements du départ de l'*Imperator*.

— Icho Tolot n'a rien à dire, répliqua l'Arkonide d'une voix coupante. En fait, tout ceci me concerne au premier chef.

— Comment cela ? Ne me dis pas que tu te trouves derrière tout ça...

Melbar Kasom retenait son souffle. Il se doutait de ce qui allait se passer.

— Mais non, il n'y a rien de grave, calme-toi. Pour commencer, j'aimerais te poser une question. Crois-tu que le plus expérimenté des commandants de l'O.M.U. soit un fou dangereux, un irresponsable ou une tête brûlée ? Crois-tu qu'il soit moins digne de confiance que les commandants ici présents, Cart Rudo, Brodo Saurer, Teren Masis ou Baptiste Obanda ?

— Là n'est pas la question ! rétorqua Rhodan.

— Si, justement, persista Atlan. C'est même un point fondamental du débat. Si Heske Ha'lurin était un bravache qui s'amuse à provoquer l'ennemi par plaisir, je n'interviendrais même pas. Seulement, il faut bien admettre pour commencer que l'Epsalien est tout sauf ça. Plus même, on peut affirmer qu'il tient la comparaison sur toute la ligne avec l'homme à qui tu as confié le vaisseau amiral de l'Empire, Cart Rudo.

Le regard de l'Arkonide se planta avec défi sur l'Epsalien, haut d'un mètre soixante et large d'autant, gêné d'être placé sur le devant de la scène à un moment aussi pénible.

— Que pensez-vous d'Heske Ha'lurin, commandant ? demanda Atlan à Cart Rudo.

Le colonel ne répondit pas.

— Eh bien, Terrien, donne donc l'ordre à ton commandant de parler quand on l'interroge ! s'exclama ironiquement Atlan.

— Je ne pense pas que tes plaisanteries soient vraiment opportunes, gronda Rhodan en serrant les mâchoires. Le colonel n'a pas besoin de répondre. Ha'lurin est en effet un officier de valeur. Pour autant, il a commis un acte d'indiscipline et ses qualités n'y changeront rien, martela-t-il. J'avais ordonné à tous les officiers présents sur Troya de ne *rien* entreprendre tant que nous ne serions pas rentrés. C'était un ordre et rien n'autorisait le commandant Ha'lurin à y contrevenir. Où allons-nous si chaque commandant d'unité se met soudain à faire ce qui lui passe par la tête ? Ne me dis pas que ce genre de chose était courant dans la flotte du Grand Empire, Arkonide ?

Atlan se demandait jusqu'où il devait aller. En réalité, Rhodan était à peine remis de son grave accident et il s'était encore plaint une heure plus tôt de violentes migraines. Stricto sensu, il avait raison. Pour n'importe quel officier de l'astromarine solaire, Heske Ha'lurin était passible du tribunal militaire.

— Eh bien ! je t'ai posé une question ! reprit durement Rhodan.

— J'ai entendu. Non, ce n'était pas une chose courante, et tu le sais parfaitement. Si l'un de mes commandants avait fait la même chose, je n'aurais pas eu le choix : soit il passait en jugement, soit il était exécuté, selon qu'on se trouvait en état de guerre ou pas. Pourtant, dans le cas présent, tu dois reconnaître que nous sommes dans une opération de guerre et que tu devais laisser à tes officiers une marge de manœuvre pour faire face à l'imprévu : attaque, menace directe sur Troya, etc. N'oublie pas le Moby. Cette stupide erreur nous a valu de passer à deux doigts de la catastrophe. Que se serait-il passé si nous étions restés dans les fermes de bioparasites des Nez-Blancs ? Tu y as pensé ? Nous arrivons avec *quatre* semaines de retard. Tu te rends compte de ce que cela représente ? L'opération Androbêta est une opération de guerre très risquée. Tu ne peux pas reprocher à un commandant d'avoir pris l'initiative dans ces conditions. De plus, l'*Imperator* avait reçu des ordres particuliers...

— Quels ordres, de qui ?

— Je répète le contenu du message que j'avais laissé au colonel et dont il n'a pris connaissance que deux semaines exactement après la date fixée pour notre retour : « Quittez Troya et mettez-vous à la recherche d'une base planétaire appropriée pour la poursuite de l'opération Androbêta ». J'estime que cette décision était et reste correcte. Tu n'as qu'à voir dans quelle situation nous sommes maintenant avec les six transporteurs... Au contraire, tu devrais être ravi de constater que la recherche de la base planétaire a déjà commencé.

Le Lordamiral salua à la mode arkonide et pivota pour sortir du central du *Krest II*.

— Colonel Kasom, majors Woolver, veuillez me suivre, ordonna-t-il aux agents de l'O.M.U. présents.

— Attends, dit Rhodan d'une voix impérieuse. Je ne peux pas te traduire devant un tribunal militaire terrien, Arkonide, et c'est peut-être mieux ainsi, mais sache que j'attends de mes alliés fidélité et loyauté. Tu n'avais aucune raison de garder tes ordres secrets.

— Sûrement, mais je n'étais pas certain de ta réponse. N'oublie pas que tu fais souvent preuve d'une confiance exagérée en toi-même. Même les Terriens ne sont pas invincibles. Ce n'est pas une preuve de faiblesse que de prévoir l'improbable. La preuve, le Moby-Tolot nous l'a apportée !

— Si je puis me permettre, commandant, intervint doucement John Marshall, le commandant Ha'lurin a fait équiper l'*Imperator* de trois blocs-propulsion supplémentaires. Son vaisseau ne ressemble plus à une unité solaire normale...

Le major Whooley saisit l'occasion pour compléter l'information rappelée par le chef de la Milice des mutants :

— Non seulement cela, commandant, mais il a aussi fait maquiller son vaisseau avec des montagnes de thermoplast. L'*Imperator* ressemble maintenant à une espèce d'horreur sortie d'un cauchemar...

— À un navire bioposis en plus laid, commandant, renchérit le colonel Obanda.

— Parfait, je constate que la mission — puisque mission il y a — du commandant Ha'lurin a été correctement préparée. L'incident est clos en ce qui vous concerne, messieurs, dit Rhodan. Néanmoins, cette affaire devra néanmoins être éclaircie sur le plan diplomatique avec l'O.M.U., ajouta le Stellarque en fixant Atlan.

— À ta disposition, lança le Lordamiral sans sourire.

Soudain, le Stellarque devint livide et chancela. L'Émir, qui s'était tenu coi, téléporta un fauteuil derrière lui. Juste à temps. Melbar Kasom se précipita sur l'intercom pour appeler le docteur Artur.

Le médecin-chef du *Krest II* lui fit aussitôt injecter un stimulant circulatoire.

— Vous avez besoin de repos, commandant, insista le médecin. Si vous continuez comme ça, nous allons être obligés de vous ramener à l'hôpital avec un oedème cérébral. Il y a un siècle, je ne sais pas si vous auriez survécu à une fracture pareille. Il faut que vous vous rendiez compte que vous êtes convalescent, commandant, répéta deux fois Ralph Artur.

— Ne devenez pas désagréable, doc ! Bon, je vais faire un effort pour rester calme, promit Perry Rhodan. Où en étions-nous restés, messieurs ?

Compte tenu du malaise du Stellarque, tous les officiers de Troya étaient restés au central. Atlan, soulagé de voir que Rhodan allait mieux, préféra laisser la parole à quelqu'un d'autre.

— Aux transporteurs, commandant, dit Kasom.

— En effet. Eh bien, comment allons-nous nous en débarrasser ?

— S'il prend fantaisie aux Deux-Nez d'envoyer une nouvelle patrouille ici, dit Tolot, les transporteurs seront fatalement découverts. Mon planicerveau estime que la situation est critique. Nous sommes virtuellement en situation d'échec. De plus, l'*Imperator* est là, quelque part dans l'espace. S'il se fait repérer, les Maîtres Insulaires mettront Androbêta sens dessus dessous pour nous retrouver. Pour reprendre une de vos expressions terriennes, je dirais que nous devons absolument nous faire aussi petits que des souris, conclut Tolot en jetant un regard en coin à L'Émir.

— Dis donc, s'indigna le mulot, tu veux que je te

montre comment je tire les gros chats de ton espèce par la queue ?

La répartie du téléporteur décontracta l'assistance et même Perry Rhodan esquissa un sourire.

— En somme, le programme est simple, reprit Tolot. Tant que nous n'avons pas trouvé de base planétaire, nous ne bougeons pas. Attendons tranquillement l'*Imperator* pendant quelques jours. Avec la destruction du Moby et l'apparition du *Bagalo*, les Deux-Nez doivent être suffisamment sur les dents.

Le Stellarque esquissa un hochement de tête à peine perceptible. La proposition de Tolot était intéressante, mais elle présentait un sérieux inconvénient : moins il y avait de navires pour chercher la base planétaire, moins il avaient de chances de la trouver à temps...

CHAPITRE IV

Dès ses origines, l'O.M.U., fondée à grands frais par Atlan, avait mené une politique qui consistait à choisir son personnel parmi tous les peuples de l'humanité.

Au moment de sa fondation, en 2113, il était prévu que les équipes scientifiques ainsi que les agents de la flotte et des bases appartiendraient à l'ensemble des peuples de la Galaxie. Mais ce principe s'était rapidement avéré trop contraignant et même dangereux. Des mouvements extrémistes locaux avaient facilement réussi à influencer directement certains de leurs compatriotes, dont la psychologie était par trop étrangère aux humains. Des secrets vitaux étaient ainsi tombés aux mains de groupuscules dangereux et Atlan avait préféré dissoudre l'Alliance galactique et renoncer, à quelques exceptions près, au personnel non humain.

Mais Atlan n'avait jamais touché à un autre de ses principes de base, qui était de ne jamais avoir une majorité de Terriens dans une équipe.

Sa décision avait une raison principale. Depuis le début de l'Expansion, de nombreux peuples terraniens étaient apparus dans la zone de colonisation solaire. Les conditions planétaires de ces mondes nouveaux, parfois très différentes de celles de la Terre, avaient produit des peuples nouveaux, supérieurs aux Terriens dans certains domaines. Parmi les modifications corporelles les plus visibles, on comptait bien sûr celles provoquées par Epsal et Étrus.

Les mondes terraniens étaient souvent prospères et il avait paru sage à Atlan de confier à leurs habitants des responsabilités à un niveau très élevé, à des postes aussi importants que ceux des Terriens de souche dans l'Empire.

Ainsi, politiquement, économiquement et militairement, Atlan avait parfaitement réussi son pari. L'O.M.U. ne comptait que peu de Terriens. On les retrouvait pour la plupart parmi les officiers de liaison entre l'Organisation et l'Empire. Les célèbres et redoutés agents de l'O.M.U. étaient en quasi-totalité des Terraniens.

C'était également le cas de l'équipage de l'*Imperator*, vaisseau amiral de l'Organisation. Atlan savait très bien qu'une rivalité amicale opposait Terraniens et Terriens. Il savait en jouer, mais il avait aussi veillé à ce que ses hommes ne perdent jamais de vue qu'ils appartenaient avant tout et surtout à l'humanité.

*
**

Une monstruosité fonçait à travers les étoiles d'Androbêta. Sa surface, parsemée de cônes, de pyramides et d'excroissances bizarres, effaçait presque la parfaite sphéricité de la coque de terkonite noire de l'*Imperator*.

La disposition étrange de tous ces éléments de camouflage ne devait en fait rien au hasard. Tout avait été calculé pour que le vaisseau ne ressemble à rien de connu et déroute n'importe quel observateur. L'impression qu'on éprouvait en le regardant n'était pas sans rappeler les coques incompréhensibles des bioposis.

Le supercroiseur, en vol subluminique, s'approchait du but de son voyage. Les hommes, qui avaient quitté Troya depuis quatre semaines, étaient heureux de retrouver leur port d'attache temporaire. L'interdiction absolue de contact hypercom les avait laissés dans l'isolement le plus total. Le commandant Ha'lurin n'était pas le seul à se demander si le *Krest II* était rentré, si une escadre d'Androbêta avait attaqué le satellite secret. Autant de questions sans réponse. À côté de l'Epsalien, son second, Trimar Noser, était natif de Plophos.

L'ingénieur en chef, Trahun Milas, avait également l'impressionnante carrure « carrée » caractéristique d'Epsal. Milas avait été surnommé « le Moulin » par ses hommes. Personne n'était capable d'enregistrer les mouvements de ses bras quand il contrôlait une manœuvre un peu complexe. Sa vitesse de mouvement était stupéfiante et son « nez » réputé. Il sentait littéralement chaque impulsion du vaisseau vibrer sous ses pieds et pouvait le plus souvent indiquer la source d'un problème sans consulter ses instruments. À l'École astronavale de l'O.M.U., ses notes avaient été insuffisantes dans les disciplines cosmographiques générales, qui conduisent aux postes de navigation. Milas, loin de se décourager, s'était jeté à corps perdu dans la technique ultrasophistiquée du XXVe siècle, où il était devenu un maître.

Le commandant l'observait sur l'intercom. Les cheveux couleur de cuivre doré de son compatriote brillaient comme une couronne sous les projecteurs du central.

— Manœuvre terminée, extinction du kalup niveau 1. Problème d'étanchéité au niveau des joints hydrauliques du banc de refroidissement numéro 4. Pression tombée à trois pour cent de la normale. Réparation en cours, durée estimée deux heures. Nouvelle mise en service du kalup 1 impossible pour le moment. Kalup niveau 2 en préchauffage, annonça l'ingénieur en chef.

Heske Ha'lurin imaginait facilement ce qui s'était passé. La fuite hydraulique avait certainement causé d'autres dégâts dans la soute des machines. Le liquide de refroidissement, extrêmement corrosif, avait dû être projeté avec une énergie considérable. Le rapport de Trahun Milas n'en faisait même pas mention. Responsable des machines, il répondait des délais et savait que le commandant, qui avait bien d'autres soucis en tête, lui faisait totalement confiance.

Le rapport de l'ingénieur en chef avait été simultanément transmis aux officiers responsables des centraux. Dix secondes plus tard, le chef du central de détection, un Végan très grand et très maigre à la peau bleu pâle, enregistra le premier hyperécho. Il attendit dix secondes de plus et la confirmation pour appeler le commandant de l'*Imperator*.

— Le planétoïde est encore là, commandant. L'écho est clair, pas d'émission d'énergie. Troya est silencieux...

Soulagé, Heske Ha'lurin grimaça un sourire.

— Que disent les détecteurs de masse ?

— Des résultats intéressants, commandant. Il semble bien que le *Krest II* soit là, avec quelques très grosses unités en plus...

— Vous en êtes sûr ?

— Certain, commandant. À cinq années-lumière de distance, les résultats sont parfaitement fiables.

Le commandant s'appuya contre le dossier de son fauteuil, qui grinça dangereusement. Trimar Noser, le second, jeta un coup d'œil méfiant à la plaque de fixation du siège. Ha'lurin était l'un des Epsaliens les plus lourds qu'il ait jamais rencontrés.

Lors de son retour vers le satellite secret, Perry Rhodan s'était montré extrêmement prudent. Heske Ha'lurin le fut encore plus.

Il envoya deux chaloupes, aussi habilement camouflées que l'*Imperator*. Les deux navires de soixante mètres de diamètre disparurent dans l'entrespace pour reparaître quelques instants plus tard à proximité immédiate de Troya.

Les éclaireurs sondaient la surface et les entrailles du planétoïde. Méfiant malgré tout, Ha'lurin fit mettre l'*Imperator* en état d'alerte. Dans les soutes, les robots se préparèrent à embarquer dans les chaloupes à pilote automatique. Les écrans défensifs se levèrent et tous les postes d'artillerie activèrent leurs contrôles.

Les deux mille hommes du vaisseau amiral de l'O.M.U. avaient peu dormi au cours des deux semaines précédentes. Ils avaient enchaîné manœuvre d'immersion sur manœuvre d'immersion — près de trois cents en tout — et ils avaient dû répondre au moins aussi souvent aux sirènes d'alarme. Les hommes des équipes en repos durent se lever et courir péniblement à leurs postes de combat. Malgré la fatigue, tous les secteurs furent prêts en trois minutes.

Des milliers de portes étanches se refermèrent hermétiquement à l'intérieur du supercroiseur, transformé d'une seconde à l'autre en une véritable ruche composée de dix mille alvéoles autonomes. Au niveau équatorial de la coque, tous les réacteurs à fusion du vaisseau grondèrent, prêts à délivrer instantanément leurs flots d'énergie.

Heske Ha'lurin savait qu'il venait de transformer l'*Imperator* en un véritable phare énergétique. Si près de Troya, cela comportait un risque non négligeable de détection pour le satellite, si bien que l'Epsalien décida également de mettre l'*Imperator* en alerte-navigation.

— Major Echelor ?

— Oui, commandant ?

— Nous plongeons au premier écho de navire que vous enregistrerez. Vous avez carte blanche pour transmettre l'ordre d'appareiller directement au contrôle des machines.

— Compris, commandant, confirma le responsable du central de détection.

— Nous pourrions peut-être nous passer des écrans, commandant, dit Trimar Noser. Cela diminuerait les risques de détection.

— Vous avez raison, mais il est possible que les batteries de Troya soient aux mains de l'ennemi. Si le satellite est tombé, il y a aussi probablement une flotte postée à proximité dans l'entrespace. Je prends le risque d'être détecté tant que l'une des chaloupes ne sera pas rentrée.

Un quart d'heure plus tard, la *CI-39* replongea dans l'espace linéaire. Son commandant fit aussitôt son rapport par radio :

— Tout est normal, commandant. Les transporteurs sont arrivés et sont ancrés près de la surface. Nous avons eu une liaison avec le Lordamiral en personne. Apparemment, notre départ a été mal perçu du côté de l'état-major impérial. On nous donne l'ordre de cesser toute émission inutile d'hyperondes et de réintégrer le plus vite possible les hangars de Troya.

Heske Ha'lurin grommela quelque chose d'indistinct et se pencha aussitôt vers son intercom pour sélectionner le canal général.

— Attention, commandant à l'équipage. Tout est en ordre. Le *Krest II* est là avec les transporteurs. Nous rentrons. Terminé.

Le commandant appela ensuite l'ingénieur en chef :

— Milas, pouvons-nous risquer une plongée sur cinq années-lumière avec ce banc de refroidissement endommagé ? Je préférerais éviter de mettre le deuxième niveau en service si c'est possible...

— Un instant, commandant..., répondit l'ingénieur en chef. D'après me calculs, nous resterons en plongée pendant deux minutes. Nous ne risquons pas la catastrophe, mais allons devoir changer quelques machines en rentrant.

— D'accord, faites évacuer le personnel. Je vous envoie le signal dans cinq minutes, confirma Ha'lurin.

L'*Imperator* émergea à seulement quarante mille kilomètres de Troya. Un incendie s'était quand même déclaré dans la soute du convertisseur linéaire. Les robots, mis en alerte avant la plongée, s'en occupaient déjà. La délicate manœuvre d'approche pour entrer dans les tunnels d'accès du satellite dura une demi-heure.

Du poste de commandement du satellite, Perry Rhodan suivait les opérations en compagnie d'Atlan et du major Whooley.

— Il faut reconnaître que son camouflage est époustouflant, dit le Stellarque à Atlan. Même dans la Galaxie, personne ne pourrait imaginer que ce « monstre des profondeurs » est un supercroiseur solaire !

Les générateurs de Troya étaient entrés en action depuis longtemps. Les rayons tracteurs qui avaient pris l'*Imperator* en charge le conduisaient doucement, centimètre par centimètre, vers son berceau, modifié pour accueillir la nouvelle coque et ses trois blocs-propulsion supplémentaires.

Pendant un moment, le vaisseau parut déséquilibré. Le major Whooley, le front baigné de sueur, hurla des ordres aux techniciens de la cabine de contrôle placée dans les hangars. L'*Imperator* s'immobilisa. C'était le premier vaisseau équipé de propulseurs supplémentaires qui devait réintégrer sa place à l'intérieur de Troya. Le major Whooley fit reculer l'énorme coque du supercroiseur et recommencer l'approche finale.

Au moment où ils avaient fait les premiers exercices dans le Système Perdu, ils disposaient de toute l'énergie voulue. Ici, les générateurs tournaient au ralenti pour éviter au maximum les risques de détection. L'énergie disponible était tout juste suffisante.

Après un nouvel échec, le major Whooley préféra faire installer des fusées à combustions chimique à quelques endroits clés de la coque de l'*Imperator* pour faciliter la manœuvre. Enfin, au bout d'une heure, le champ antigrav du berceau put prendre le relais des rayons tracteurs et le supercroiseur se posa lentement sur ses étançons. Les vérins hydrauliques prirent le relais, les verrouillages magnétiques claquèrent.

Perry Rhodan et Atlan avaient suivi toute l'opération

en silence, laissant Fraser Whooley opérer.

— Bravo, major ! s'exclama finalement le Stellarque. Excellent travail.

— J'espère que nous n'en aurons plus d'autre comme ça aujourd'hui, commandant, dit le major en s'épongeant le front.

— Bien, reprit Rhodan en se tournant vers Atlan, je crois que nous pouvons mettre un point final à notre petite querelle. J'aurais dû regarder les enregistrements du départ de l'*Imperator* avant de réagir. Pourtant, je te demande de m'informer au préalable lorsque tu prépareras des opérations particulières, à l'avenir. Je ne ferai pas de reproches au colonel Ha'lurin cette fois. Il a agi sur ordre. En ce qui le concerne, l'affaire est close.

L'Émir entra en se dandinant dans le poste de commandement. Il était apparemment si excité qu'il en avait oublié de se téléporter.

— Ha'lurin a trouvé une planète ! s'écria le mulot. Je me suis renseigné... Il a découvert un petit soleil rouge dans l'ouest d'Androbêta, à 3 280 années-lumière d'ici. C'est un petit système à deux planètes seulement, idéalement situé face au Système Perdu. La première planète, la plus proche du soleil, est une fournaise atomique. La seconde est un monde glacé inhabité de la taille de la Terre. Il y a d'importantes réserves d'oxygène dans la glace et aucune activité mesurable à des dizaines d'années-lumière à la ronde. Pour finir, l'Epsalien a donné son nom au système et appelé les deux planètes Destroy et Arctis. La planète glacée est exactement ce que nous cherchions !

— Je t'ai déjà demandé de ne pas user de tes pouvoirs télépathiques à tort et à travers, petit, lui rappela Rhodan, faussement sévère.

— Désolé, Perry, je n'ai pas pu m'en empêcher, grimaça le mulot en découvrant son incisive. La curiosité...

— Est un vilain défaut, compléta Rhodan. Puisque tu es si bien informé, tu sais sûrement si l'*Imperator* a été détecté...

— Je ne sais pas, avoua le mulot, mais l'un de leurs bancs de refroidissement est hors circuit. Je vais aller jeter un coup d'œil, ajouta le téléporteur en clignant de l'œil.

L'air brasilla une fraction de seconde et la petite silhouette s'effaça. Le vide soudain créé par la disparition du mulot s'accompagna comme d'habitude d'un discret « plop » dans l'air, comme un bruit de bouchon qui saute.

— Il mange trop de carottes ! s'exclama Kasom. Je vais lui faire réduire sa ration. Cela calmera peut-être sa manie de fouiner partout !

— Laissez-le, dit Atlan. Il ne gêne personne et je ne vous conseille pas de le taquiner si vous voulez éviter de lui servir de jouet...

— Je ne vais pas me laisser couper l'appétit par une souris... !

— Du calme, Melbar, gronda la voix d'Icho Tolot. Mangez un morceau et cela ira mieux.

Le Halutien et l'Étrusien avaient des rapports presque amicaux. Atlan constata avec amusement que l'idée de grignoter quelque chose avait instantanément calmé Kasom. Son appétit était légendaire dans la Flotte. Atlan s'était toujours demandé ce qui arriverait s'il constituait un équipage uniquement avec des Étrusiens. Ils faisaient d'excellents marins, meilleurs même que les Epsaliens, mais la moitié des soutes d'un supercroiseur occupé par deux mille Étrusiens mesurant en moyenne deux mètres trente de haut devrait être réservée aux provisions !

Le chef des cuisines du *Krest II* avait renoncé depuis longtemps à s'opposer aux visites de Kasom dans ses réserves. De temps en temps, il se contentait de faire une liste des victuailles portées manquantes, jambons entiers, roues de fromage, piles de steaks, quartiers découpés au radiant sur des rôtis en pleine cuisson, etc., en mentionnant « compléments de ration pour appétits féroces ».

À peine arrivé dans le vaisseau amiral, Kasom rejoignit les cuisines. En le voyant arriver, l'un des marmitons lança l'appel habituel : « Barbare à trois heures ! » Comme par miracle, tous les témoins lumineux des fours s'éteignirent. Avec un peu de chance, l'Étrusien se contenterait de soulever quelques couvercles de casseroles, se dit le chef. Avec un peu de chance, pensa-t-il aussi, le lieutenant L'Émir ne viendrait pas exiger des carottes ou des fraises fraîches. Ce jour-là comme tous les autres, le coq n'eut pas de chance. Il se promit à nouveau de demander sa mutation du *Krest II*...

CHAPITRE V

Les cinq supercroiseurs étaient tous sortis. Suspendus au-dessus de la surface de Troya, ils attendaient l'ordre d'appareiller. Les six transporteurs avaient quitté leur amarrage temporaire et stationnaient également en formation, quelques kilomètres plus loin.

Le grondement des générateurs de Troya, intensément sollicités pour la sortie des supercroiseurs, s'éteignit.

Perry Rhodan et Atlan étaient encore au poste de commandement du satellite. Les couloirs de jonction de Troya étaient soudain déserts. Le major Whooley et ses vingt spécialistes allaient rester seuls à bord de la base solaire pour veiller à l'entretien des installations. En cas de problème, la chaloupe qui restait dans l'un des hangars serait leur seul lien avec le monde extérieur. C'était un modèle très évolué, doté d'un équipement ultra-perfectionné et qui disposait même, fait exceptionnel pour une chaloupe, d'un radiant transformateur.

Le Stellarque donnait ses dernières instructions à

l'équipe de Fraser Whooley :

— Toutes les données cosmographiques concernant le monde découvert par le colonel Ha'lurin se trouvent sur ce mémobloc. Si jamais Troya était à nouveau exploré, silence absolu. En cas d'attaque ou de débarquement, activez les bombes à retardement et repliez-vous aussitôt dans la chaloupe. Je vous le répète : si vous quittez Troya, il ne doit *rien* rester derrière vous, c'est bien clair ?

— Parfaitement, commandant, confirma le major Whooley.

— Bien. Je vous interdis formellement de tenter de vous défendre. Vous pourriez détruire une dizaine de navires, mais cela ne servira à rien au bout du compte. Personne ne doit pouvoir imaginer que le planétoïde était armé ou qu'il remplissait une fonction de soutien. Si vous suivez précisément ces instructions, le programme automatique de la chaloupe vous fera passer en vol hyperluminique au moment précis de l'explosion. Veillez à ne pas être touché par un tir ennemi en partant, et tout se passera bien. D'un autre côté, il se peut que des unités de la Flotte se replient vers vous. Évidemment, vous ne le saurez pas à l'avance. Alors, quand vos détecteurs réagiront, attendez quand même un peu avant de déclencher le programme d'urgence.

— Compris, commandant.

— Un dernier mot, major, et vous messieurs. Je vous remercie de vous être portés volontaires pour rester dans ce « sous-marin ». Vous allez être très seuls. Aidez-vous les uns les autres et, si l'un d'entre vous présente des symptômes du mal de l'espace, n'hésitez pas une seconde. Le traitement n'est pas dangereux, rappela-t-il en se tournant vers le médecin de l'équipe. Vous avez tout ce qu'il faut pour vous détendre et je suis sûr que le major Whooley fera tout pour répartir équitablement les quarts. Si la situation évoluait mal de notre côté, ne vous tracassez pas. Dans trois mois au plus tard, le Système Perdu enverra un long-courrier vous chercher. Si vous êtes dans la chaloupe, attendez à proximité. Vos propulseurs ne sont pas suffisants pour rejoindre notre base du Système Perdu. Veillez sur Troya mais n'hésitez pas à le détruire en cas d'absolue nécessité.

Après avoir pris définitivement congé de la petite équipe, Perry Rhodan et Atlan rejoignirent la surface par l'un des ascenseurs et montèrent à bord des chasseurs spatiaux qui les attendaient. Atlan avait décidé de rejoindre l'*Imperator.*

— Qu'est-ce que tu prépares, Arkonide ? lança Rhodan. Encore une initiative personnelle ?

— Ne te tracasse pas, le rassura Atlan sans rire, tu seras au courant cette fois. Avec l'*Imperator* en arrière-garde, tu peux partir tranquille.

— Il faut bien que le camouflage de ton navire serve à quelque chose ! repartit Rhodan. Si nous sommes attaqués, nous aurons le temps de plonger pendant que tu nous couvriras avec l'*Imperator.* Avec l'allure qu'il a, personne ne fera attention aux autres supercroiseurs et aux transporteurs.

— Tu peux rire, Barbare, mais nous saurons faire notre devoir, lança sèchement l'Arkonide.

— Je n'en doute pas, mais n'en fais pas trop quand même, lui conseilla Rhodan, qui savait que l'Amiral n'hésiterait pas à se jeter contre des forces dix fois supérieures en nombre.

Du poste de commandement du satellite secret, le

major Whooley et ses hommes suivirent les deux chasseurs jusqu'à ce qu'ils rejoignent le *Krest II* et l'*Imperator*. Sur les écrans de contrôle de Troya, les détecteurs d'énergie entamèrent quelques instants plus tard une valse folle, au fur et à mesure que les générateurs délivraient les mégawatts nécessaires pour alimenter les propulseurs. Le *Krest II* prit la tête de la formation des transporteurs, flanquée de deux autres supercroiseurs terriens. La position de l'*Alaric* du colonel Masis n'était pas fixée. Il pouvait bouger librement pour protéger le convoi. Comme prévu, l'*Imperator* fermait la marche. Tous les navires d'escorte se tenaient suffisamment loin des six transporteurs pour disposer d'une marge de manœuvre suffisante.

La petite escadre s'éloigna rapidement. Quelques minutes plus tard, les écrans du major Whooley enregistrèrent un énorme ébranlement de structure, puis plus rien. Les onze vaisseaux s'étaient enfoncés dans l'espace linéaire.

Aucun des hommes du major ne put parler pendant plusieurs minutes. Ils étaient soudain devenus les hommes les plus solitaires de la Galaxie, très loin de toutes les terres connues. L'Empire solaire disposait bien sûr de milliers de stations d'observation, de dépôts secrets et de satellites d'information isolés, mais ils se trouvaient tous dans la Voie lactée et pouvaient atteindre une base terrienne par leurs propres moyens. En cas de problème, on viendrait les secourir. Ici, dans la micronébuleuse, ils n'étaient sûrs de rien. La base la plus proche était à quatre cent mille années-lumière, et elle se trouvait elle-même encore bien plus loin de la Galaxie.

Le major coupa les générateurs principaux. Maintenant que les supercroiseurs étaient partis, un seul générateur auxiliaire suffirait pour couvrir tous leurs besoins.

— Fini pour aujourd'hui, annonça Fraser Whooley. Nous avons assez travaillé ! Le chef atteindra sans difficulté le système d'Ha'lurin. Comme ses coordonnées sont connues, il leur suffira de deux plongées linéaires pour y arriver. La première immersion va leur faire traverser perpendiculairement le plan de la micronébuleuse, si bien qu'ils vont réémerger dans le vide, à proximité d'Androbêta, et qu'il leur faudra une seule plongée en longeant la périphérie pour atteindre Arctis. Comme ils navigueront en dehors d'Androbêta, il y a peu de chance qu'ils se fassent repérer.

— La seule question, maintenant, c'est de savoir comment les Deux-Nez vont réagir à l'ébranlement de structure massif qui vient de se produire à proximité, rappela le médecin de Troya, qui était également ingénieur hyperondes. C'est le genre de feu d'artifice que l'on peut difficilement ignorer...

— Il fallait quand même que l'escadre passe dans l'entrespace, non ? repartit Whooley avec une gaieté forcée.

— Moi, je ne suis pas mécontent qu'ils soient enfin partis, ces sauvages, dit l'un des techniciens. J'ai besoin d'au moins dix heures de sommeil ! Ce Ha'lurin est une vraie brute. Je n'ai jamais vu personne changer un banc de refroidissement kalup aussi vite. Il a non seulement fallu changer le banc — quatre-vingts tonnes ! — mais aussi remplacer une bonne partie des installations de la soute du convertisseur.

La tension des dernières heures s'effaça progressivement. À l'exception de l'ingénieur et des deux techniciens de garde des transmetteurs, le reste de la petite équipe rejoignit les cabines pour prendre une douche.

Imperturbablement, Troya poursuivait sa route. Si tout allait bien, elle n'atteindrait l'étoile qui lui servait de mire que dans quarante ans. L'équipe avait donc le temps de voir venir. Fraser Whooley espérait quand même que la relève ne se ferait pas attendre si longtemps.

CHAPITRE VI

Le major Whooley s'était trompé. Perry Rhodan n'avait pas ordonné deux mais trois plongées linéaires successives, ce qui permettait d'accroître la précision du vol. La traversée de la micronébuleuse au niveau du noyau avait induit plus de perturbations que prévu et une plongée corrective avait été nécessaire.

Le convoi et son escorte s'étaient rematérialisés à un mois-lumière exactement du système d'Ha'lurin. Comme l'avait indiqué le premier officier de l'*Imperator*, on pouvait en effet accéder directement au système depuis le vide intergalactique, ce qui était un avantage considérable en termes de discrétion.

Les commandants des *Anbe* avaient à nouveau reçu l'ordre d'attendre.

Une heure après son arrivée, le *Krest II* était reparti avec trois des supercroiseurs, le *Thora II*, le *Napoléon* et l'*Imperator*. L'*Alaric* était resté en couverture pour le convoi. Les données remarquablement précises relevées par le commandant Ha'lurin avaient permis de faire le point très rapidement.

Tous les supercroiseurs étaient maintenant équipés de blocs-propulsion supplémentaires. Les trois appendices verticaux qu'ils portaient sur leur coque réduisait sensiblement leur manœuvrabilité en vitesse subluminique.

Avant d'aborder Arctis, qui était leur véritable but, Perry Rhodan voulait explorer à fond le système du soleil rouge. La première planète, Destroy, l'intéressait particulièrement.

Après une courte plongée linéaire, les quatre navires géants avec le *Krest II* en tête émergèrent à proximité de la couronne solaire. Juste sous le seuil luminique, ils traversèrent les couches extérieures de l'atmosphère solaire, déclenchant des tempêtes énergétiques sur leurs écrans, malmenés par les gaz de l'étoile. Tant que les supercroiseurs restaient à une vitesse aussi élevée, ils pouvaient même frôler un soleil nettement plus près sans avoir grand-chose à redouter. Le danger commençait quand les températures et la gravitation commençaient à atteindre des valeurs extrêmes ou quand des éruptions solaires inattendues propulsaient des faisceaux de rayonnements ultra-durs dans l'espace.

Après la traversée des couches extérieures du soleil, les écrans montrèrent à nouveau l'image d'Androbêta, avec son noyau d'une luminosité éblouissante et ses étoiles périphériques plus diffuses. Destroy était une planète de taille comparable à la Terre, située à huit millions de kilomètres à peine du soleil rouge. L'effet relativiste de la vitesse aidant, l'équipe du central du *Krest II* eut l'impression que l'approche s'était déroulée en quelques secondes.

Le freinage démarra automatiquement. Lorsque la vitesse ne fut plus que d'un tiers de celle de la lumière, les effets relativistes avaient suffisamment décru pour permettre un calcul précis de l'ensemble des décalages temporels pour corriger le temps absolu du bord, basé sur une vitesse nulle.

Perry Rhodan fit descendre la vitesse jusqu'à trois pour cent de la vitesse luminique afin d'avoir le temps de procéder à un examen complet de la planète. L'*Imperator* se rapprocha suffisamment du vaisseau amiral de l'Empire pour pouvoir établir une liaison radio correcte. Les deux autres supercroiseurs étaient chargés de sonder l'espace.

Les liaisons radios par ondes ultracourtes, qui permettaient également le contact visuel par intercom, étaient absolument sûres. Même si elles étaient émises avec une puissance de millions de mégawatts, voyageant à la vitesse de la lumière, les ondes mettraient des centaines d'années avant d'atteindre la périphérie du noyau d'Androbêta.

Atlan salua Perry Rhodan d'un geste de la main. Le commandant Ha'lurin se tenait debout juste derrière lui.

— La liaison est bonne ? voulut savoir Atlan.

— Oui, mais je ne vois pas complètement le colonel, répondit Rhodan.

Heske Ha'lurin plia légèrement les genoux. Pour peu qu'il réduise légèrement l'intensité de son antigrav, qui le maintenait en permanence sous une gravité de 2,1 g, celle de son monde natal, l'Epsalien pouvait garder une position aussi difficile des heures durant.

— Parfait, merci, colonel, reprit Rhodan. Destroy est juste devant nous. Les analyses commenceront dans cinq minutes. Pouvez-vous me rappeler les principaux résultats de vos propres analyses, colonel ?

— La planète mesure environ 16 200 kilomètres de diamètre, pour une gravité de 1,25 g. Sa durée de rotation est de 32,8 heures. Les océans ont disparu, soufflés par la chaleur et la surface terrestre montre des traces d'explosions dévastatrices. Nuit et jour, les continents émettent un rayonnement radioactif bleuté. La datation isotopique montre que la catastrophe qui a détruit ce monde est survenue il y a deux ou trois cents ans. Nos détecteurs d'impulsions vitales sont restés absolument muets. Il n'y a plus rien de vivant à la surface de Destroy, commandant.

— Je ne doute pas de la qualité de votre travail, colonel, mais j'ai mes doutes quant au fait qu'il n'y ait plus aucune vie sur cette planète. N'oubliez pas que nos détecteurs ne se pas sensibles à toutes les formes de vie. D'autre part, personne ne se serait donné la peine de bombarder aussi précisément un monde inhabité. La répartition des cratères vitrifiés montre que l'on a cherché à détruire des centres très précis. En tout cas, merci, colonel. Atlan, que proposes-tu ? Atterrissons-nous ou pas ?

— Il vaut mieux éviter, répondit aussitôt l'Arkonide. À ta place, j'oublierais complètement Destroy pour rejoindre Arctis. Pour moi, l'essentiel est d'abriter les croiseurs et les transporteurs sous le manteau de glace. Quelque chose me dit que nous n'avons pas intérêt à faire du tourisme dans les parages. S'il y a encore de la vie là-dessous, sur Destroy, il ne peut s'agir que de créatures primitives sans aucun intérêt.

Perry Rhodan s'était déjà fait la même remarque et adopta la proposition d'Atlan. Les quatre supercroiseurs repartirent aussitôt. Le Stellarque renonça à plonger dans l'entrespace. Le vol relativiste entraîna à nouveau une distorsion temporelle qui raccourcit le trajet.

Tandis que le *Krest II* et l'*Imperator* s'approchaient d'Arctis, le *Napoléon* et le *Thora II* assurèrent à nouveau leur couverture. Les équipages des quatre vaisseaux étaient en état d'alerte, tout comme les batteries de la centrale de tir. Les radiants étaient déjà braqués sur des secteurs précis de l'espace, couvrant ainsi l'ensemble de la sphère d'approche. Les trappes des désintégrateurs lourds étaient relevées, tout comme celles des canons à impulsions, des terribles radiants transformateurs et des armes à effet physiologique.

Les Terriens ne voulaient pas être découverts, mais si par malheur une escadre d'« œufs » des Deux-Nez leur cherchait des ennuis, elle avait peu de chance d'en réchapper.

Les ingénieurs du *Krest II* avaient eu le temps d'étudier les armes de leurs adversaires avant la destruction du Moby-Tolot. Dans ce domaine, les spécialistes solaires étaient des maîtres. Il leur suffisait d'étudier l'impact d'un jet radiant sur une cible pour en déduire le principe de fonctionnement de sa source d'énergie et les dispositions à prendre pour en contrecarrer les effets.

Pris en petit nombre, les navires en forme de goutte d'eau des Deux-Nez, les œufs, comme tout le monde les appelait, n'étaient pas des adversaires dangereux. Face à une escadre importante, les quatre supercroiseurs terriens auraient sans doute du mal à s'en sortir sans dégâts, ce qui incitait Perry Rhodan à la prudence.

Après quatre minutes de temps de bord, Arctis apparut nettement sur les écrans optiques simples. Pour les six transporteurs qui attendaient, il s'était écoulé environ cinq heures en temps standard.

Arctis, de la taille de la Terre, était un monde à oxygène banal, sans surprise. L'une de ses seules particularités était son orbite elliptique très étirée, qui provoquait d'importantes variations de température de surface. La planète avait besoin de quatorze ans pour faire un tour complet du soleil rouge. Sa température moyenne avoisinait les moins 50° C pendant onze ans, pour monter aux alentours de 10° C les trois dernières années.

Malgré ce « printemps », Arctis était recouverte en permanence par un manteau de glace de huit à dix kilomètres d'épaisseur. En surface, la glace, balayée par des vents violents, était à peu près dépourvue de relief. La planète était inhabitée et les Deux-Nez, qui détestaient le froid, n'avaient sans doute jamais eu l'intention de la coloniser. Les Mobys leur offraient des abris plus sûrs et plus faciles à organiser.

Perry Rhodan était certain que jamais un Deux-Nez n'avait posé le pied sur Arctis. Il attendait les résultats des premières analyses quand on lui annonça un appel d'Atlan.

— Tu perds ton temps ! lança immédiatement l'Arkonide. Ha'lurin a passé des jours entiers à étudier la planète. Ses commandos de débarquement et ses sondes ont tout mesuré, tout enregistré. Arctis est exactement la planète qu'il nous faut pour établir une base. Les techniciens des transporteurs savent parfaitement comment vaporiser la glace et récupérer l'eau pour créer un véritable monde souterrain. Qu'est-ce que tu attends ?

Rhodan, les yeux braqués sur l'écran panoramique, ne répondit pas.

— Il y a de l'oxygène en abondance..., reprit Atlan. Que veux-tu de plus ?

— La planète intérieure ne me plaît pas, dit finalement Rhodan en hésitant un peu. Qui l'a transformée en désert atomique, pourquoi ? Ses habitants, une puissance extérieure ? Qu'est-ce que tu en penses ?

— Si cette question te tracasse tant, il faut faire examiner Destroy par des commandos de débarquement. Cela va prendre plusieurs jours, sinon des semaines, s'il faut tout examiner pierre par pierre. As-tu autant de temps à ta disposition ?

— Non.

Atlan soupira.

— Je vous connais depuis dix mille ans, vous autres Terriens, mais j'ai parfois l'impression que vous devenez de plus en plus imprévisibles. D'un point de vue stratégique, l'opération Androbêta est un non-sens complet. Les historiens qui se pencheront plus tard sur cette aventure hocheront la tête d'un air désespéré, si nous échouons. Comment peut-on espérer contrer sur ses propres terres une puissance aussi colossale que celle des Maîtres Insulaires, dont nous ne savons presque rien, avec cinq supercroiseurs ! Nous sommes des mouches, Perry ! L'entreprise est pleine d'inconnues et Destroy en est une de plus. Mettons-nous à l'abri, nous aviserons ensuite.

— Il a raison, tonna la voix de Tolot derrière le Stellarque.

Perry Rhodan remercia Atlan et s'accorda encore trois minutes de réflexion. Une véritable pluie d'ordres s'abattit aussitôt après sur la petite flottille.

— Le chef n'est plus vraiment passif, Amiral, remarqua le colonel Ha'lurin, qui suivait les événements au côté d'Atlan.

— C'est un génie, dit en souriant Atlan. L'humanité lui doit tout. Il a seulement besoin d'une petite bourrade de temps à autre.

— Et vous avez trouvé votre vocation, Amiral..., suggéra Ha'lurin en souriant.

— Je l'espère, oui, commandant. Mais qu'est-ce qu'il fait maintenant ?

Une petite tache lumineuse venait d'apparaître par l'un des sas de l'immense paroi du *Krest II*. Un chasseur spatial venait d'être éjecté.

— Un courrier pour les transporteurs, Amiral, confirma le chef de la détection, Fend Echelor.

Le *Krest II* s'enfonçait dans l'atmosphère d'Arctis. Les masses d'air portées à incandescence par les écrans formaient une colonne flamboyante de plusieurs kilomètres de haut.

Les différents calculs effectués par le cerveau impotonique du *Krest II* à partir des renseignements fournis par les relevés du commandant Ha'lurin avaient conduit à choisir l'emplacement de la future base juste sur l'équateur. La glace n'y était pas plus épaisse qu'ailleurs, mais les tempêtes étaient nettement moins fréquentes. Le vaisseau amiral s'arrêta cinq kilomètres au-dessus de l'endroit, équilibré par ses antigravs. Des nuées de robots équipés d'outils spéciaux sautaient par les sas.

Une demi-heure plus tard à peine, les radiants situés au-dessous de la couronne des propulseurs commencèrent à tonner, projetant des jets d'énergie pure vers la glace. Des nuages de vapeur s'élevèrent en sifflant. Des générateurs d'ondes de choc les chassèrent vers le sud, où les cristaux de glace se redéposaient sur des kilomètres carrés. Il n'y aurait pas de remblai visible...

— Il ne perd vraiment plus de temps, s'étonna Atlan.

Une communication prioritaire du centralcom lui parvint quelques secondes plus tard.

— Le *Napoléon* et le *Thora II* viennent de recevoir l'ordre de s'immerger dans la glace, Amiral, annonça l'officier.

— Rien pour nous ? s'étonna Atlan.

— Non, rien, Amiral.

— Passez-moi le vaisseau amiral.

Perry Rhodan lui répondit directement. Le Stellarque portait un spatiandre de combat.

— Atlan, je voudrais te demander de prendre en charge la sécurité des opérations. Nous allons te creuser un abri. Les transporteurs ne vont plus tarder à arriver, et il me semble que l'*Imperator*, avec son camouflage, est le plus indiqué pour nous couvrir. D'accord ?

— Bien sûr, j'y avais pensé moi-même. Nous repartons dans l'espace. Peux-tu m'envoyer les Coureurs d'ondes ?

Rhodan se retourna et fit un signe. La liaison radio allait être maintenue quelques secondes de plus pour permettre aux jumeaux Woolver de se faufiler dans le faisceau d'ondes.

Rakar et Tronar Woolver apparurent au même moment dans le central du vaisseau de l'O.M.U. et saluèrent simultanément leur chef. Leur peau couleur de bronze clair et leur thorax surdimensionné montraient leur origine terranienne. Les deux plus célèbres mutants de l'O.M.U. étaient en effet nés sur Chrystal, une colonie terrienne.

Capables de se dématérialiser pour se transformer en ondes, ils pouvaient utiliser n'importe quel support d'énergie pour se déplacer sur des distances en théorie illimitées.

Atlan répondit au salut des mutants.

— Je peux avoir besoin de vous à tout moment, majors, annonça le Lordamiral. Vous reprenez vos quartiers sur l'*Imperator*. Des questions ?

— Notre équipement spécial doit être vérifié, Amiral, rappela Tronar.

— Occupez-vous-en, major. Vous faut-il autre chose qui se trouverait sur le *Krest II* ?

— Non, Amiral, nous avons tout le nécessaire ici.

— Alors allez-y et tenez-vous prêts, conclut Atlan.

*
**

Les transporteurs arrivèrent dix minutes plus tard, en compagnie du chasseur spatial. Ils émergèrent ensemble de l'entrespace, à dix millions de kilomètres d'Arctis.

— Ils vont un peu vite, il me semble, Amiral, remarqua Trimar Noser, le second.

— Oui, répondit laconiquement Atlan.

Le comportement des navires était en effet étrange. Les détecteurs montraient même qu'ils étaient en train d'accélérer pour garder une vitesse aussi proche que possible du seuil luminique. Quelques secondes plus tard, l'*Alaric* émergea à son tour. Atlan guetta anxieusement les valeurs énergétiques. Le supercroiseur dépassa lui aussi le point zéro pour le freinage et poursuivit sa course vers Arctis.

— Colonel Ha'lurin ! appela Atlan. Alerte rouge à toutes les stations. Prêt au combat, prêt à la plongée.

Centralcom, liaison immédiate avec le *Krest II* ! Les transporteurs sont en fuite.

Chacun des deux mille hommes de l'*Imperator*, tous des spécialistes ayant au moins trois ans d'ancienneté, se ruèrent à leurs postes de combat avant la fermeture des cloisons étanches.

Le supercroiseur accéléra pour se porter à la rencontre des transporteurs. Sur Arctis, on avait également remarqué ce qui se passait. Les travaux d'enfouissement s'étaient arrêtés.

Perry Rhodan apparut sur l'écran intercom. Il était le calme même.

— Mes unités sont prêtes à intervenir, dit le Stellarque. Qu'as-tu l'intention de faire ?

— D'abord, écouter ce que les transporteurs ont à dire. S'il s'agit de Deux-Nez, je me porte à leur rencontre, je leur fais un peu de cinéma avec mes radiants et je leur faire croire que je cherche à fuir à l'abri de mes écrans. S'ils me poursuivent tous, reprenez les travaux. Je les emmènerai si besoin jusque dans l'est d'Androbêta. Il faut que les Maîtres Insulaires soient persuadés que quelques vaisseaux maahks ont été aperçus dans la micronébuleuse.

— D'accord, bonne chance.

L'*Imperator* était maintenant à portée radio des transporteurs. Le major Hatsky, commandant de l'*Anbe 3* répondit le premier.

— Que s'est-il passé, vite, le pressa Atlan.

— Une escadre a été détectée en approche à onze années-lumière seulement de notre position, Amiral. Nous sommes certains d'avoir été repérés. Contactez l'*Alaric* pour plus de détails. Terminé.

— Merci, major, freinez quand même un peu et contactez le *Krest II* pour vos instructions, répondit Atlan, tandis que la transmission commençait à devenir mauvaise.

Le colonel Masis n'avait pas attendu l'appel de l'*Imperator*.

— *Alaric* à *Imperator*, annonça-t-il alors que la liaison était encore imparfaite. Les Deux-Nez sont passés en immersion dès qu'ils ont repéré les transporteurs. J'ai plongé moi-même dès qu'ils sont apparus à notre point de stationnement précédent. Il n'y a pas eu de contact optique, seulement détection. Je répète : pas de contact optique, seulement détection. Attention, il y a environ quarante grosses unités. Je répète, *Imperator*, quarante grosses unités.

Atlan demanda que l'on confirme la réception du message de l'*Alaric* et enfila son spatiandre, aidé par Melbar Kasom. L'*Imperator* allait plonger d'une seconde à l'autre.

— Commandant, faites préparer l'une des chaloupes camouflées, ordonna Atlan. Pas d'équipage.

Heske Ha'lurin comprenait tout très vite mais, cette fois, il ne savait pas quoi penser de l'ordre d'Atlan.

— Une chaloupe, Amiral ? s'étonna-t-il.

— Oui, vous allez en perdre une, commandant, précisa l'Arkonide en enclenchant les contrôles automatiques de son spatiandre. Je vais vous préparer le programme de vol automatique.

Atlan prit place à l'un des pupitres du terminal impotonique et se mit à la tâche. Dès que le programme eut été transmis au cerveau de la chaloupe, l'*Imperator* se dématérialisa.

Quand il émergea dans le continuum, un mois-lumière plus loin, les Deux-Nez étaient là. La forme caractéristique en goutte d'eau de leurs coques était aisément reconnaissable sur les écrans.

CHAPITRE VII

Les hommes de l'*Imperator* étaient des spécialistes confirmés. Leur chef avait préparé une manœuvre de diversion, et ils allaient faire l'impossible pour lui donner satisfaction. Dans le domaine de l'exactitude en matière de navigation spatiale, les Terriens et leurs descendants n'avaient pas leur pareil dans la Voie lactée.

Pour n'importe quel observateur, l'*Imperator* devait donner l'impression qu'il poursuivait un navire nettement plus petit qui avait émergé juste devant lui de l'entrespace.

La chaloupe avait été éjectée dans l'espace linéaire, juste après la plongée. L'*Imperator* avait légèrement freiné pour lui laisser un peu d'avance. Quand celle-ci atteignit trois cent mille kilomètres, le supercroiseur accéléra à son tour. La *CI-10* et l'*Imperator* émergèrent à quelques secondes d'intervalle. La distance à l'escadre ennemie correspondait exactement aux calculs. Huit millions de kilomètres. C'était assez près pour laisser aux cerveaux des navires nez-bleus le temps d'analyser les deux navires camouflés, mais trop loin pour commencer un duel d'artillerie.

Le plan d'Atlan comprenait une variable difficile à maîtriser. Tout dépendait en effet de la vitesse de réaction du commandant des Nez-Bleus. S'il donnait l'ordre de passer en immersion linéaire dans les trente secondes, le plan allait échouer.

Devant l'*Imperator*, la chaloupe paraissait secouée par des explosions venues de l'intérieur, comme si elle avait déjà été touchée à plusieurs reprises. Les plans des agents de l'O.M.U., conçus pour abuser les cerveaux les plus puissants, ne laissaient en principe rien de côté. Logiquement, le commandant du petit navire aurait dû rester en vol linéaire pour échapper à son poursuivant. Les explosions permettaient de justifier l'émersion prématurée de la chaloupe et l'impossibilité où elle se trouvait de replonger. Les batteries de l'*Imperator* tiraient sans interruption.

Les yeux fixés sur sa montre, Atlan constata qu'au bout de trente secondes les œufs n'avaient toujours pas bougé. Il laissa encore trente secondes au commandant nez-bleu pour enregistrer tout ce qui se passait. Jusqu'à présent, les armes les plus lourdes du supercroiseur, les canons à impulsions et les radiants transformateurs, avaient été gardées en réserve. Le chef de la centrale de tir était un Plophosien aux cheveux grisonnants. Unis Heyt avait appartenu à la garde du dictateur Iratio Hondro.

— Autorisation de tir ? demanda-t-il par intercom.

Atlan consulta sa montre. Une minute dix.

— Ils ne sont pas rapides, on dirait, lança Heske Ha'lurin.

— Tout le monde n'a pas la chance d'être passé par l'école de l'O.M.U., colonel, repartit Atlan sans rire. Attendez encore une minute, major, ajouta-t-il à l'intention d'Unis Heyt.

Au bout de ce nouveau délai, les détecteurs enregistrèrent un début de mouvement chez les œufs.

— Ça y est, ils s'agitent, avertit le commandant. Il est temps, Amiral.

— Allez-y, major, confirma Atlan.

Les canons à impulsions se déchaînèrent. La chaloupe fut touchée par deux impacts mineurs. Dans la centrale de tir, ses subordonnés regardèrent le major Heyt avec stupéfaction. Le Plophosien envoya une nouvelle salve et manqua derechef son but !

Le major serra les dents. Il avait reçu l'ordre de manquer trois fois sa cible avant de faire mouche ! Il fallait que les Deux-Nez soient persuadés que les systèmes de poursuite automatique du vaisseau étaient extrêmement moyens.

La *CI-10* se défendait de toutes ses armes, mais les écrans du supercroiseur absorbaient imperturbablement les coups.

— Bravo pour votre précision, major, dit Atlan. Maintenant, montrez-nous ce que vous savez faire en zone de vitesse relativiste.

L'instant suivant, la chaloupe n'était plus qu'un nuage de gaz incandescent. Il était temps. Les œufs émergeaient en série à moins de cent mille kilomètres. Les Deux-Nez avaient mis le temps, mais leur manœuvre était parfaite. La vitesse de leurs navires était pratiquement ajustée sur celle de l'*Imperator* et les œufs s'étaient placés tout autour du supercroiseur. Le secteur vertical inférieur paraissait avoir été négligé, puisque deux œufs seulement bloquaient l'étau de ce côté.

— Pas mal, fit Heske Ha'lurin, admiratif. Ils sont lents, mais ils s'y connaissent en tactique. Aimeriez-vous tester la qualité de leurs armes, Amiral ?

— C'est la deuxième raison de notre présence ici, répondit Atlan. Si les Deux-Nez ont remarqué que nous sommes partis du système d'Arctis, ils risquent d'aller y fourrer... leurs nez !

— Logiquement, ils vont penser que nous sommes passés à proximité du soleil rouge par hasard, alors que nous poursuivions la chaloupe, suggéra le commandant.

— Gardez-vous des conclusions hâtives, commandant. Nous ne savons pas comment les Deux-Nez vont raisonner... Regardez, on dirait qu'ils se préparent à nous couper la route !

— Avec les blocs-propulsion supplémentaires, nous n'avons plus le choix, Amiral, annonça Ha'lurin après un rapide calcul. Nous allons devoir tirer quelques bordées.

— Eh bien, qu'à cela ne tienne, commandant. Commencez par une manœuvre d'évitement en rouge vertical, nous verrons bien.

Sans faire appel à toute la puissance de ses propulseurs, Heske Ha'lurin suivit les ordres d'Atlan. Les Nez-Bleus réagirent treize secondes plus tard.

— Lent, très lent, constata l'Epsalien avec une grimace. Soit leurs cerveaux centraux sont médiocres, soit leurs machines ont une inertie très élevée. Comme ils suivent très exactement nos mouvements, je pencherais pour la positronique...

— Il nous faut d'autres renseignements, reprit Atlan. Centrale de tir ? Préparez toutes vos batteries de radiants.

Attendez mon signal pour tirer avec tous les types d'armes. Objectif : enregistrer précisément les réactions de leurs écrans protecteurs.

Le colonel Ha'lurin se faisait quelques soucis. La manœuvrabilité de son supercroiseur, réduite par la présence des propulseurs supplémentaires, le mettait mal à l'aise. Par chance, l'adversaire semblait réagir encore plus lentement qu'eux.

*
**

Malheureusement pour eux, les Deux-Nez n'avaient pas grand-chose à opposer à la rapidité de calcul des cerveaux impotoniques solaires, ni à la puissance dévastatrice de leurs batteries. Les Maahks étaient des adversaires beaucoup plus dangereux pour l'Empire.

L'*Imperator* avait réduit sa vitesse à quarante-cinq pour cent de la vitesse luminique juste avant d'arriver à portée de tir, soit trois millions de kilomètres. Atlan risquait gros. L'escadre ennemie comptait quarante-quatre navires, dont la moitié étaient les plus gros que les Terriens aient jamais vus. Leur plus large diamètre atteignait cent cinquante mètres, pour une longueur totale de cinq cents mètres. L'unique propulseur était placé à la poupe, du côté le plus effilé. Ce principe du propulseur unique présentait de tels désavantages en termes de navigation que les Terriens ne l'avaient jamais employé pour des unités de fort tonnage.

Toujours entouré par une partie de l'escadre ennemie, l'*Imperator* fonçait vers le gros de ses forces, qui se trouvait depuis presque une minute dans la zone de tir du supercroiseur. Atlan n'avait toujours pas donné l'ordre de faire feu.

Les quarante-quatre œufs tirèrent simultanément. Malgré la vitesse relativement réduite des unités en présence, quatre-vingt-dix pour cent des tirs ennemis se perdirent dans l'espace. Huit pour cent manquèrent l'*Imperator* de cinq à vingt kilomètres, et parmi les tirs les plus proches, seuls 0,2 pour cent atteignirent ses écrans.

Les résultats de l'analyse impotonique s'affichèrent quelques secondes plus tard sur les écrans d'Atlan et de l'Epsalien.

— C'est exactement comme si nous n'avions affaire qu'à une seule unité, constata Heske Ha'lurin. Ils perdent tout leur avantage numérique...

Non seulement la précision de tir laissait à désirer, mais les coups au but n'avaient eu qu'un impact extrêmement faible. La surcharge n'avait été que de 0,1% ! Les énormes générateurs à fusion de l'*Imperator* délivraient une puissance nominale de dix millions de mégawatts aux écrans, de fabuleuses réserves qui pouvaient être encore augmentées de vingt pour cent sans affecter l'alimentation des propulseurs...

Pour les radiants thermiques des Deux-Nez, les écrans des navires solaires constituaient un obstacle pratiquement insurmontable. Pour les percer, il aurait fallu que dix des plus gros œufs puissent concentrer leur tir sur un seul point des écrans d'un supercroiseur. Une tâche impossible compte tenu des imperfections de leurs cerveaux P.

Sans se laisser décourager par l'insuccès de leurs salves, les Deux-Nez avaient poursuivi leur attaque. Au bout de trois minutes, Atlan donna l'ordre de riposter.

Le voyant rouge qui s'alluma sur le pupitre de l'artilleur en chef, Unis Heyt, lui confirma que l'impotonique de la centrale avait reçu l'ordre. Chacune des cibles étant suivie en permanence, les corrections imposées par le vol relativiste étaient calculées en permanence.

La salve de l'*Imperator* partit moins d'une seconde après qu'Atlan eut envoyé l'impulsion décisive. Selon le programme prévu, les batteries commencèrent par quelques tirs isolés. Six secondes après la première salve des canons à impulsion, les détecteurs enregistrèrent l'explosion de deux navires ennemis. Leurs échos blanchirent puis disparurent des écrans.

— Mais... ? s'exclama Heske Ha'lurin, incrédule. Ce n'est pas possible ! Dire que nous avons fui pendant des semaines devant des boîtes de conserve pareilles !

— Je n'en reviens pas, fit savoir à son tour Unis Heyt depuis la centrale de tir.

— Du calme, messieurs, intervint aussitôt Atlan. Ne sous-estimez jamais un adversaire. Nous ne sommes pas invincibles. Qui sait s'ils ont vraiment fait usage de toutes leurs armes. J'exige de tous mes équipages qu'ils gardent la tête froide en toutes circonstances. J'oserais vous rappeler qu'il y a cinq siècles, vos ancêtres tremblaient de peur devant les escadres des Topsides, dont les navires étaient pourtant nettement moins évolués que ceux-ci. Alors, restez modestes, je vous prie. L'un des principes de base en vigueur chez les commandants des flottes du Grand Empire d'Arkonis était de toujours respecter son adversaire. Souvenez-vous aussi du vieux proverbe terrien : « Il ne faut pas vendre la peau de l'ours avant de l'avoir tué ». Colonel Ha'lurin, pourquoi souriez-vous d'un air si réjoui ?

Le commandant, gêné, détourna le regard.

— Pour rien, Amiral, pour rien, répondit-il avant de

sourire à nouveau.

La nouvelle que lui transmit la détection lui rendit soudain tout son sérieux.

— L'ennemi accélère de tous bords et se rapproche, annonça l'officier. Nous serons sur le gros dans trente-deux secondes.

La situation devenait nettement plus dangereuse. Encore une fois, la manœuvre des œufs avait été excellente sur le plan de la navigation.

Le visage de Heske Ha'lurin ne trahissait aucune tension.

— Nous avons deux solutions, Amiral. Soit nous tapons vraiment dans le tas, soit nous accélérons pour plonger. Ils ne pourront pas suivre. Amiral ?

Atlan sentait la pression de la main d'Hercule de l'Epsalien sur son bras. Huit tirs au but venaient d'être enregistrés en l'espace de trois secondes. Les écrans de l'*Imperator* étaient striées de toiles d'araignées d'un blanc intense.

— Surcharge vingt-huit pour cent, en hausse, annonça l'ingénieur en chef.

— Demande autorisation de riposter, intervint le chef de la centrale de tir.

Les valeurs annoncées par la détection l'obligeaient à réagir. Atlan hésitait encore. Heske Ha'lurin, qui le connaissait bien, se doutait que l'Arkonide était en prise à un difficile dilemme. Le Lordamiral, comme ses ancêtres, n'était pas connu pour avoir des états d'âme au beau milieu d'une bataille.

En fait, ce qui tracassait Atlan était l'avenir d'Arctis. S'il fuyait, les œufs finiraient par revenir dans les parages du système d'Ha'lurin pour voir ce qui s'y passait. S'il détruisait l'escadre, une perte aussi importante ne manquerait pas de bouleverser toute la micronébuleuse...

Atlan cherchait une solution intermédiaire. Son cerveau second lui fournit un fil conducteur d'une logique absolue. Tout comme les Maahks, les Deux-Nez étaient des auxiliaires des Maîtres Insulaires. Agissant sur ordre des Andromédans, ils pouvaient être considérés comme puissance en guerre. Depuis l'invasion galactique menée par les Maahks, l'Empire solaire était en guerre ouverte avec les Maîtres Insulaires. L'escadre menaçant directement la sécurité de l'opération Androbêta, destinée à déjouer une nouvelle invasion de la Galaxie, il fallait l'éliminer. Il fallait aussi effacer les données déjà enregistrées par les Deux-Nez...

— Amiral..., répéta l'Epsalien, pressant.

— Oui, commandant, dit l'Amiral en se secouant. Allez-y, feu de toutes les pièces, mais laissez un petit navire intact. Il faut que ses appels à l'aide parviennent aux Maîtres Insulaires.

Le commandant pâlit. Il savait ce que signifiait « feu de toutes les pièces ». Perry Rhodan n'allait sûrement pas apprécier.

Le chef de la centrale de tir avait déjà lancé l'orage. L'*Imperator*, dont les écrans ruisselaient d'énergie sous l'impact des salves thermiques des Deux-Nez, se muait soudain en une boule de feu flamboyante aussi lumineuse qu'un soleil.

À lui seul, le supercroiseur disposait de vingt radiants transformateurs lourds. Cette arme, qui avait sauvé l'Empire face aux navires noirs des Maahks, n'était en réalité rien d'autre qu'un transmetteur de matière. Les bombes à fusion qu'elle téléportait contre les écrans ennemis avaient une telle puissance de perforation que les rideaux d'énergie, comme gelés, se fissuraient immédiatement. Chaque bombe libérait une énergie équivalente à mille gigatonnes — mille milliards de tonnes ! — de TNT. Lorsque les boucliers étaient conçus sur une base hyperénergétique, l'effet était encore plus terrifiant. Les écrans implosaient littéralement.

À la centrale de tir, Unis Heyt était fébrile. La surcharge des écrans avait atteint les soixante-cinq pour cent nettement plus vite que prévu. Il accueillit l'ordre d'Atlan avec soulagement. L'entrée en action simultanée des vingt radiants transformateurs à la distance idéale de trois cent mille kilomètres soulagea immédiatement les générateurs. Vingt boules d'énergie apparurent simultanément devant l'*Imperator*. Leur expansion semblait ne pas vouloir s'arrêter. Les sphères s'unirent les unes aux autres, capturant dans leur formidable décharges les navires les plus proches, qui s'embrasèrent immédiatement.

L'onde de choc hyperénergétique fut telle que les écrans de l'*Imperator* eurent du mal à l'amortir en totalité. Les écrans vibrèrent comme un gong titanesque. Les vibrations, transmises à la superstructure du navire, firent sauter tous les objets mal arrimés sur les tables. Malgré les protections auditives des spatiandres, plusieurs hommes furent si choqués qu'ils s'effondrèrent.

Les méthodes de Perry Rhodan étaient loin d'être aussi radicales. Dans le central de l'*Imperator*, c'était la stupeur. Jamais aucun des officiers présents n'avait assisté à un tel désastre. La chaleur dégagée par le soleil artificiel était telle que les œufs les plus proches s'enflammaient, alimentant la torche infernale qui transformait toute matière en énergie. Atlan, impassible, gardait les yeux braqués droit devant lui, observant le déchaînement qui faisait exploser l'espace.

Heske Ha'lurin eut la présence d'esprit d'enfoncer la touche rouge de son pupitre. Les générateurs du supercroiseur étaient au bord de la rupture. La surcharge atteignait cent dix-huit pour cent. La lumière vacilla au moment où les propulseurs arrachèrent le géant de l'espace à sa trajectoire. Les anti-g ne réussirent pas à compenser la formidable accélération qui atteignit en moins de deux secondes 600 km/s^2. Quelques sièges furent arrachés autour du grand pupitre circulaire.

Heureusement, en échappant à la zone dangereuse, le vaisseau soulagea ses écrans. La rupture fut évitée de justesse.

La détection annonça que seuls neuf des quarante-quatre navires des Deux-Nez avaient pu échapper au désastre.

Atlan se manifesta enfin à nouveau.

— Major Heyt, dois-je vous rappeler mes ordres ? lança-t-il d'un ton cinglant. J'ai dit qu'un seul navire devait en réchapper. Il va falloir vous habituer à l'idée que nous sommes en guerre. Vous entendez ? En guerre ! Allez-y.

Unis Heyt n'aurait pas hésité une seconde s'il s'était agi de Maahks, d'Akonides, de Passeurs ou de Bleus, autant de peuples dont les armes étaient comparables à celles de l'Empire. Mais là, devant les Deux-Nez, l'officier aux cheveux grisonnants coupa rageusement la liaison. En poussant un juron, il pianota de nouvelles instructions sur le pupitre général de tir. Les poursuites automatiques travaillaient avec une impitoyable efficacité, même à soixante pour cent de la vitesse luminique.

Comme pour retarder l'échéance, il ne programma que les désintégrateurs et les thermoradiants. Pourtant, l'issue du combat était inéluctable. Huit autres œufs se transformèrent en nuages de particules incandescentes. Le seul navire qui restait cessa de tirer et poursuivit son cap comme s'il attendait avec résignation l'inéluctable.

— Freinage à un tiers gauche, ordonna Atlan.

Le supercroiseur se plaça exactement dans l'axe du dernier Deux-Nez. C'était un gros croiseur de cinq cents mètres. Leur centralcom commença à émettre en clair des rafales de messages. Les hyperondes allaient être captées à plusieurs centaines d'années-lumière à la ronde.

Atlan se fit transmettre la traduction simultanée des messages du fuyard. Pris de panique, le commandant nez-bleu décrivait approximativement l'*Imperator* et annonçait la destruction de l'escadre par une mystérieuse arme qui l'aurait anéantie d'un seul coup.

Ses yeux agités d'un feu sombre, Atlan se tourna vers Heske Ha'lurin :

— Je crois qu'ils ne se préoccuperont plus du système qui porte votre nom, commandant. Nous avons réussi. Envoyez un message codé hypercondensé au *Krest II* pour annoncer que nous avons réussi. Préparez une immersion transversale pour l'est d'Androbêta. Nous allons y faire un petit tour histoire de nous rappeler au bon souvenir des Maîtres Insulaires.

Le seul œuf survivant disparut dans l'entrespace. L'*Imperator* le suivit huit minutes plus tard.

*
**

Perry Rhodan avait su ce qui s'était passé avant même de recevoir le message d'Atlan. L'énorme explosion, à un mois-lumière d'Arctis, avait fait bondir tous les potentiomètres du vaisseau amiral. Les nouvelles du vaisseau de l'Organisation confirmaient que l'*Imperator* était intact et qu'aucun blessé sérieux n'était à déplorer.

Le Stellarque pianotait nerveusement des doigts sur le pupitre de commandement du central.

— Notre ami l'Amiral a une fois de plus agi à la manière des vieux Arkonides, dit-il d'une voix sourde. J'avoue que je préfère ignorer ce qu'il fera dans l'heure qui vient et demain. Colonel Rudo, envoyez Don Redhorse avec un chasseur à la recherche des survivants. S'il y en a... Non, attendez ! Avec un peu de chance, il aura besoin d'un navire plus gros. Donnez-lui plutôt une chaloupe. Faites vite.

Les travaux recommencèrent dix minutes plus tard à la surface d'Arctis.

— Enfin, soupira l'un des douze cents spécialistes du génie. Je commençais à croire que nous attendions de geler sur place. Faites-moi sortir les containers E1 à G3 de la soute !

L'homme était un ingénieur du génie spatial. Sa spécialité : la construction d'infrastructures en plastométal formé par injection. Pour lui, la glace et la vapeur d'eau n'étaient qu'un facteur accessoire. Il avait construit des bases dans l'espace, dans des mondes de lave en fusion et il avait participé à l'aménagement de Troya, le satellite secret. Natif d'Astu V, Aiki Hukasir était un homme de très petite taille. Mais, dans son monde, même si les plus grands de ses compatriotes mesuraient autour d'un mètre vingt, on ne mesurait pas les compétences à la taille des pieds...

*
**

Les premières excavations forées par les supercroiseurs étaient destinées aux transporteurs. L'un après l'autre, ils s'enfoncèrent dans leur silo. Les premiers tunnels de jonction percés par les robots reliaient déjà les six emplacements, disposés en cercle. Des excavations latérales placées à hauteur des soutes des géants de l'espace permirent de décharger les énormes machines qu'elles portaient dans l'ordre prévu par le développement.

Sur leurs glisseurs, les ingénieurs en spatiandre surveillaient la bonne marche des travaux, programmant les nuées de robots équipés de thermoprojecteurs lourds.

Le travail, surtout dans des conditions de sécurité aussi draconiennes, promettait d'être titanesque. Si tout se passait bien, Arctis allait devenir la première grande base de l'humanité dans une galaxie étrangère.

CHAPITRE VIII

Ils avaient réussi sur toute la ligne. Un vol de sept mille deux cents années-lumière seulement leur avait permis de traverser toute la micronébuleuse. La deuxième plongée les avait conduits le long de la bordure est d'Androbêta, exactement aux antipodes d'Arctis. De ce côté de la micronébuleuse, ils pouvaient nettement apercevoir Androalpha, soixante-deux mille années-lumière plus loin.

Là-bas, dans l'univers contrôlé par les Méthaniens, les descendants de ceux qui avaient failli anéantir Arkonis dix mille ans plus tôt, Atlan ne se serait jamais risqué comme dans la galaxie des Mobys. Il connaissait trop bien les Maahks. Plus que les Deux-Nez, c'étaient eux le véritable ennemi de l'Empire. Leurs écrans verts et leurs canons convertisseurs posaient de sérieux problèmes aux meilleures unités solaires. L'Amiral frissonnait en pensant à l'immense forteresse volante des Maahks qui avait tenu plusieurs escadres en échec deux ans plus tôt.

Atlan se demandait toujours pourquoi la technologie des Deux-Nez accusait un tel retard par rapport à celle des Maahks. Les Maîtres Insulaires auraient dû veiller à faire d'Androbêta une citadelle aussi sûre qu'Androalpha sur la route d'Andromède. Peut-être s'étaient-ils fiés au départ à l'efficacité redoutable des Mobys. Mais les quelques monstres de l'espace qui survivaient encore n'étaient pas suffisants pour stopper un adversaire décidé.

D'un autre côté, les Maahks étaient fondamentalement différents des Deux-Nez. Les Méthaniens, bannis de la Galaxie, fuyant devant les escadres d'Arkonis, avaient trouvé refuge dans les mondes contrôlés par les Andromédans. Ils étaient poussés par la soif de se venger. Leur incroyable dynamique de population leur avait permis de reconstituer très vite une civilisation nombreuse et de progresser rapidement sur le plan des technologies spatiales. Les Maîtres Insulaires, qui les avaient aidés alors qu'ils étaient dans le besoin, avaient trouvé avec les Maahks des alliés parfaits, ou presque.

Le premier accroc dans la longue collaboration des Maahks avec leurs maîtres s'appelait Grek-1. Le commandant de la première flotte d'invasion maahk se trouvait à bord du *Krest II* et s'était rallié aux Terriens dès qu'il avait pu prendre conscience de la tyrannie qu'exerçaient les mystérieux Andromédans sur son peuple.

Atlan était méfiant de nature. Son premier succès contre les Deux-Nez ne lui était pas monté à la tête. Les gardiens d'Androbêta pouvaient disposer d'armes terribles. Les Maîtres Insulaires, que personne n'avait jamais vus, savaient s'entourer de précautions diaboliques. L'Arkonide s'était longtemps demandé comment éviter l'irruption des Maahks dans Androbêta. Cela aurait été une catastrophe pour l'opération de Rhodan. Il décida de poursuivre l'idée qu'il avait mise en pratique lors de la destruction du Moby-Tolot. S'il pouvait susciter la méfiance des Maîtres Insulaires contre les Maahks, il n'allait pas s'en priver. L'*Imperator*, avec son camouflage, devait être vu et entendu, en kraahmak...

Pour la deuxième fois en quelques heures, le supercroiseur de l'Organisation s'était retrouvé aux prises avec une escadre des Deux-Nez. Cette fois, elle comptait trente-six unités. Les nouvelles allaient vite dans Androbêta. L'escadre se garda bien de l'attaquer et garda prudemment ses distances. Atlan se dit qu'elle attendait des renforts. Il avait laissé le commandement du navire à Heske Ha'lurin pour se concentrer sur les points cruciaux de sa stratégie.

— Importante formation en approche, annonça Fend Echelor depuis le central de détection. Quatre cents hyperéchos environ. Ils viennent de passer en immersion et seront là d'ici dix minutes.

— Bien. Commandant Ha'lurin, nous faisons un passage devant l'escadre. Une seule bordée, mais de toutes les pièces, compris ?

— À vos ordres, Amiral.

Atlan se renfonça dans son siège, comme s'il se désintéressait de la suite des événements.

Les trois rangs de navires deux-nez, en formation impeccable, ne purent se disloquer à temps. Les salves des douze canons transformateurs firent à nouveau des ravages dans leurs rangs.

L'*Imperator* disparut quelques instants plus tard dans l'entrespace. La plongée suivante lui permit de découvrir un spectacle inhabituel.

C'était un Moby mort. En soi, rien d'extraordinaire. Pourtant, la présence de cinq cents navires en goutte d'eau confirmait ce que les Terriens avaient toujours supposé. Non seulement les Deux-Nez colonisaient les Mobys, mais ils s'en servaient aussi comme bases spatiales.

*
**

En sortant de l'entrespace, le supercroiseur conserva une vitesse quasi luminique. Avant que les premiers navires aient pu décoller, les radiants et les désintégrateurs de l'*Imperator* traçaient de profonds sillons sur le dos du Moby. Plusieurs dizaines de navires, privés de la protection de leurs écrans, explosèrent aussitôt. Après le deuxième passage, les estimations donnaient un chiffre de deux cent cinquante navires détruits.

L'*Imperator* repartit sans avoir essuyé un seul tir au but.

La plongée suivante le rapprocha de la porte galactique des trois géantes bleues.

Heske Ha'lurin était nerveux.

— Vous n'allez pas attaquer le transmetteur géant, Amiral ? s'inquiéta-t-il.

— Pourquoi pas ? repartit Atlan. Si la station de contrôle était éliminée, le transmetteur serait hors circuit, ce qui empêcherait une éventuelle arrivée des Maahks.

— Écho positif en provenance de Bêta-Triangle, Amiral, annonça la détection. Trois mille unités viennent de sortir du transmetteur en formation large.

Le visage du Lordamiral se referma brusquement.

— Trois mille ? s'exclama-t-il.

— Amiral ?

— Oui, Milas, dit Atlan en reconnaissant la voix de l'ingénieur en chef.

— Le niveau 1 du convertisseur recommence à poser des problèmes, gronda l'Epsalien. Le nouveau banc de refroidissement chauffe à son tour. À mon avis, c'est le kalup qui en a pris un coup.

— Et alors, donnez-moi des informations précises au lieu de faire des suppositions ! s'exclama l'Arkonide, de mauvaise humeur.

— Je puis vous affirmer précisément que nous allons devoir stopper le navire d'ici deux heures si nous reprenons le combat, sinon tout le premier bloc-propulsion risque d'exploser, Amiral, répondit Milas.

— Ce ne serait pas très bon pour notre camouflage, fit remarquer Heske Ha'lurin.

— Bon, puisque nous n'avons pas le choix, nous allons tenter notre chance ailleurs, ordonna Atlan.

— C'est de la guérilla, Amiral, objecta discrètement Heske Ha'lurin.

— Cela ne me plaît pas plus qu'à vous, commandant, approuva Atlan. De toute façon, cela suffit pour aujourd'hui. Choisissez une étoile de magnitude élevée dans Andromède et plongez.

Sans se poser de question quant au pourquoi des nouveaux ordres du Lordamiral, l'Epsalien effectua la manœuvre.

Lors de la réémersion, six cents années-lumière plus loin, Atlan ordonna de pousser les générateurs pour qu'ils soient certains de se faire remarquer.

— Maintenant, repartez en direction d'Androalpha, ordonna-t-il.

— Vous pourriez m'expliquer, Amiral ? le pria Heske Ha'lurin.

— Les Deux-Nez doivent croire que la première manœuvre ne servait qu'à dissimuler notre véritable destination : la micronébuleuse des Maahks.

Le vol dura longtemps. Par précaution, Atlan le prolongea jusqu'à trente mille années-lumière. Il était plus que temps. Le kalup du premier niveau des propulseurs rendit l'âme, bien avant sa limite théorique d'utilisation. Trahun Milas était furieux, mais il dut se résoudre à mettre en service son deuxième niveau.

Après une pause de trois heures, le supercroiseur de l'O.M.U. remit le cap vers l'ouest d'Androbêta. Il lui fallut dix heures pour atteindre le système d'Ha'lurin et Arctis.

*
**

Atlan venait de poser pour la première fois le pied sur la surface gelée d'Arctis. Son casque relevé, il s'efforçait d'inspirer l'air glacial de la planète. Les excavatrices venaient d'atteindre le sol rocheux d'Arctis, à huit mille mètres de profondeur.

— Il fait froid, chez vous, se plaignit en grelottant l'Arkonide, qui supportait mieux la chaleur que les températures polaires.

— De quoi te plains-tu ? repartit Perry Rhodan. L'air est pur et tu devrais être content de sortir un peu de l'*Imperator*, après une « tournée » aussi épuisante.

— Par tous les dieux d'Arkonis, tu veux rire ! Par moins cinquante degrés, j'ai le droit de trouver qu'il fait frisquet, non ?

— Comme tu veux, concéda Rhodan. Je t'avouerais

que je ne suis pas à l'aise non plus, mais pour une toute autre raison. Je n'arrête pas de penser à la première planète. Maintenant que tous nos vaisseaux sont à l'abri, il va falloir que j'aille y jeter un coup d'œil personnellement.

— Tu as raison, approuva l'Arkonide. Combien de temps comptes-tu te servir de cette base ?

— Le colonel Rigar l'a déjà baptisée Station Louvre. Un joli nom, tu ne trouves pas ? Nous allons en faire notre base la plus puissante hors de la Galaxie.

Le Stellarque n'avait pas répondu directement à la question d'Atlan, qui s'éloigna vers son chasseur spatial pour se réchauffer. Pour lui, Rhodan s'était à nouveau montré trop optimiste. Pour des raisons qu'il ne tenait pas encore à expliquer, Atlan pensait que Station Louvre était très menacée. Il s'installa aux commandes du chasseur et décolla.

L'*Imperator* était toujours en orbite autour d'Arctis. Les réparations allaient bon train. Trahun Milas, son ingénieur en chef, avait refusé de larguer le premier niveau des propulseurs à cause d'un « fichu banc de refroidissement ».

Sous l'immense coque de terkonite noire du supercroiseur, la surface blanche d'Arctis étincelait. Un monde isolé et calme, mais pour combien de temps encore ?

Achevé d'imprimer en novembre 1993
sur les presses de l'Imprimerie Bussière
à Saint-Amand (Cher)

— N° d'imp. 2402. —
Dépôt légal : novembre 1993.

Imprimé en France